Der rote Schuppen

Ota Hofman

Der rote Schuppen

Illustriert von Lubomír Štěpán

Verlag Sauerländer
Aarau und Frankfurt am Main

ISBN 3-7941-0524-9
Buchbestellnummer 01 00524
Deutsch von Martin Schuster

Herstellung: Sauerländer AG
Printed in Switzerland

«Beim ersten Sonnenaufgang, in den ich hineingeflogen bin, da saß ich noch umgekehrt, schaute in die Richtung, aus der ich geflogen kam, auf normaler Umlaufbahn, genau als erste Sonnenstrahlen in die Kapsel eindrangen. Ich schaute zurück nach unten zu einigen Instrumenten, aber dabei sah ich unwillkürlich auch nach außen, da war meine erste Reaktion, daß ich jetzt in ein förmliches Sternenfeld schaute – daß die Kapsel nach oben umgekippt war, während ich nicht zum Fenster hinausgeschaut hatte, und daß ich jetzt in nichts anderes als in ein neues Sternenfeld schaute. Aber das war es nicht. Der Haufen kleiner Dinge, von denen ich ursprünglich glaubte, daß das Sterne wären, das waren in Wirklichkeit eine Art goldgelbe Lichtkäfer in der tiefen finsteren Nacht. Diese winzigen Partikel um die Kabine waren, glaube ich, etwa zwei bis sechs Meter entfernt, und es waren buchstäblich Tausende. So weit ich auch in beiden Richtungen sehen konnte, es gab sie überall. Ich konnte sie sogar in der Richtung im Rücken der Kapsel sehen, längs ihrer Spur. Ich schätzte, daß ich mich durch dieses Feld mit einer Geschwindigkeit von etwa drei Meilen oder fünf Meilen pro Sekunde bewegte.

Scheinbar strahlte es nicht aus der Kapsel hinaus. Scheinbar war das beiderseits der Kapsel regelmäßig verteilt. Ich sah das vom ersten Sonnenstrahl bis zum Zeitpunkt von etwa

dreieinhalb bis vier Minuten. Ich beobachtete eingehend. Manchmal geschah es, daß eines von den Dingen dicht am Kapselfenster im Schatten vorbeihuschte, und dann sah es wie eine ganz winzige weißliche Flocke aus. Sie hatten verschiedene Größen, vielleicht von einem Stecknadelkopf bis zu einem Zentimeter Durchmesser.
Viele Leute denken Verschiedenes darüber, was das ist, aber ich habe keine Theorie, nur daß wir es beobachtet haben. Wir sahen es bei allen drei Rundflügen immer zur gleichen Zeit bei Sonnenaufgang.»

John Glenn

Die Form der Dinge

I

Der Junge saß im Klo und dachte an die kleinen Lichter, die John Glenn gesehen hatte, und schloß die Augen und sah die kleinen Lichter als funkelnde Punkte, aber es war immer noch das Klo, und er rotierte langsam mit diesem Klo zusammen, und dazu noch das Rotieren der Millionen Karusselle auf diesem Erdball und Autoräder und Lokomotivenräder, und das alles flog durch den Raum, sorgfältig ausbalanciert, denn wenn auf einer Seite des Erdballs jemand im Klo saß, mußte auch auf der andern Seite des Erdballs jemand in einem anderen Klo sitzen, sonst wäre der Erdball aus seiner Bahn geraten, das stand einmal fest, die kleinen Lichter hatten jetzt das Ausmaß eines Stecknadelkopfes und klopften an die Tür klopf-klopf-bums, und ein Schlag auf die Türklinke:
«Bist du da drin gestorben? Mischa?»
«Nein, Mutter.»
Ohne hinauszuschauen spülte er die kleinen Lichter hinunter und kam heraus. Beruhigt schaute er sich in der Diele um: der Kleiderhaken mit den Mänteln, der Teppich, jawohl, das stimmte, die Dinge befanden sich an ihren Stellen, der Tisch, die Wohnzimmerstühle und die Lampen in den Ecken, sie balancierten die Wohnung aus, das Ding Fernsehgerät, das Ding Radio, das Ding Mutter:
«Soll ich diesen Pulli anziehen?»

«Und dich kämmen!»
Er kämmte sich und vergaß John Glenn und erinnerte sich an Elefanten und Löwen: «Sind dort auch Elefanten?»
«Warum sollten dort keine sein?» Jetzt am Abend war die ganze Mutter silbern, das Kleid und die Strümpfe und die Lippen, beinahe verschmolz sie mit dem Spiegel, in dem sie sich betrachtete. «Ich erinnere mich nicht mehr, wann ich das letztemal im Zirkus war. Letztes Mal, als du fünf Jahre alt warst. Du hast dich schrecklich gefürchtet.»
«Warum?»
«Vor Pferden und Tigern.»
«Ich wollte immer schon ein Pferd haben.»
«Damals nicht.»
«Heute würde ich es bändigen. Ohne weiteres. Auch einen Tiger.»
«Gestern hast du dich vor einem Hund gefürchtet», hörte er das Ding Vater im Badezimmer sagen. «Du gibst an, Liebling.»
«Aber –»
Plötzlich wußte er nicht, was aber. Blitzschnell öffnete er das Käfiggitter. Stinkende Raubtiere stürzten mit dumpfem Gebrüll ins Badezimmer. Mischa bändigte sie mit einem einzigen Wink seines kleinen Fingers. Er fragte den Vater, der sich rasierte:
«Würdest du in einen Löwenkäfig klettern?»
«Was sollte ich dort?»
«Wenn man dir eine Million gäbe?»
«Denk doch logisch», sagte Vater und schnitt sich fast gleichzeitig unter der Nase und am Kinn. «Niemand gibt dir eine Million dafür, daß du in einen Löwenkäfig kletterst. Übrigens, wer hat schon bei uns eine Million? Auch der

Präsident nicht. Wir sind ein kleines Land, wo du für eine miserable Wilkinson-Rasierklinge fünf Kronen bezahlst, davon vier Kronen an die Steuer. Ich habe mich damit dreimal rasiert, und sie ist stumpf.» Er betupfte die kleinen Kratzer mit Rasierwasser und stöhnte dabei leise. Er war bestimmt kein Mann, der mit Vergnügen in einen Löwenkäfig kletterte. Und auch in keinen Käfig sonst. Er hatte eine sanfte Haut, die beim Rasieren abschürfte und blutete. «Wir kommen bestimmt zu spät», erklärte er tragisch. «Ich muß wohl ein frisches Hemd haben.»
Er sagte zur silbernen Mutter, die als eine im Stanniolpapier eingewickelte Nugatpraline mit dem silbernen Spiegel verschmolz:
«Ich hab mich schon wieder geschnitten.»
In der weiten Ferne trabten Pferde in der Manege. Und Sägemehlduft und Musik und Pferdegeschirrklingeln:
«Vater! Komm schon...»
«Nur noch das Hemd...»
«Sag mal, wann hast du dich nicht geschnitten?»
«Und Schuhe...»
Dann klingelte es erneut, und es war der Briefträger mit einem Telegramm, und der Zirkus mit vier Manegen stieg zum Himmel hinauf, und die Pferde trabten fort, und die trompetenden Elefanten jagten in den Urwald, weil gewisse Dinge plötzlich an Gewicht gewonnen und andere an Gewicht verloren hatten. DR. HORATSCHEK, NA VYSCHINACH 7, PRAHA 3 stand mitten im Wohnzimmer, einen Schuh angezogen, den andern in der Hand, MORGEN VORMITTAG DAS AUTO MB 1000 ÜBERNAHMEBEREIT, das Telegramm wog einige Gramm, irgendwo jedoch wog ein Ding sechzehn Zentner Blech und Glas und

Polsterungen, Viertaktreihenmotor wassergekühlt vier Zylinder und Stoßstangen und Drähte BANKÜBERWEISUNGSAUFTRAG PER KCS 44 200 MITBRINGEN BITTE SOFORT MITTEILEN FALLS NICHT MEHR REFLEKTIERT GRÜSSE MOTOTECHNA.
Scheibentrockenkupplung schaltet hydraulisch ab und vollsynchronisierte Vierstufengetriebeschaltung Bodenschalthebel in der Mitte und Radkappen und Flüssigkeitsbetriebsbremsen und –
«Wir werden es mit dem Wind aufnehmen können», hatte Vater vor drei Jahren gesagt, als er sich in die Interessentenliste eingetragen und zwanzigtausend Kronen auf ein Sparbuch mit dem Kennwort Hoffnung eingezahlt hatte. Jetzt sagte er:
«Ein Glas Wasser...»

2

Zu derselben Zeit trat der Verwaltungsrat der japanischen Automobilwerke Toyo Kogyo zusammen und beschloß, ein neues Viersitz-Coupé Mazda auf den Markt zu werfen, zuerst als Variant Mazda 1200 Coupé mit Vierzylindermotor 1200 cm³, 60 km bei 6000 Umdrehungen pro Minute, zweitens als Variant Mazda R 100, Familia Rotary Coupé mit Zweirotor-Wankelmotor (Inhalt einer Kammer 491 cm³, vergleichbarer Inhalt 1964 cm³, Leistung 100 km bei 7000 Umdrehungen pro Minute, Drehmoment 13,5 kpm bei 3500 Umdrehungen pro Minute), Spitzenleistung 180 km/

Std. Auf der Münchner Autobahn kam es zu einem Zusammenstoß von 40 Autos, zwanzig davon erlitten einen Totalschaden, und die Computer der Firmen Renault und NSU und Volkswagen und Fiat speicherten das in ihren Gedächtniskreisen, um die Absatzaussichten auf dem europäischen Wagenmarkt für die nächsten Wochen zu präzisieren.

In der Finsternis flammten Neonlichter auf. Die Tankstellen Esso verschenkten ab sofort auf 5 Gallonen Benzin aufblasbare Tiger ICH HABE EINEN TIGER IM TANK, und die Tankstellen Shell verschenkten Abziehbildchen und kleine Tücher. Auf der Terrasse des Hotels Excelsior in Venedig spielte ein Neger aus dem Orchester Duke Ellingtons Mood Indigo auf dem Klavier, und er spielte es, als ob er schliefe, für ein paar Tische in der Nähe und für das rauschende Meer und für sich und für seinen Freund, der vor einer rosa Lampe saß und Rosé trank. Der Freund war Engländer und hatte den 200-km-MINI-SPORT konstruiert, in dem sich die Leute umbringen und dabei glücklich sind. Er nahm jetzt weder die Musik noch das Meer wahr. Plötzlich inspiriert, notierte er mit ausgeliehenem Lippenstift auf der Serviette den neuesten Werbeslogan für seinen kleinen Wagen:

«Hör mal gut zu», sagte er zu dem Neger. Er machte eine äußerst feierliche Miene. «INNEN GRÖSSER ALS AUSSEN!»

3

«Noch Fische und Schlangen», sagte Vater. Er wühlte bereits zum drittenmal den Bücherschrank durch. «Wo hab ich Fische und Schlangen hingelegt?»
Auf dem Teppich lagen bereits neun Bände Weltgeschichte und Ottos Lexikon samt Nachtrag, um sich in ein Stück Auspuff zu verwandeln, und Punische Kriege in Scheibenwischer, und Upton Sinclair und J.K.Tyl, und Brehms Tierleben: Säugetiere und Vögel; Mutter legte den Stillen Don dazu. Zwei Bände, rote Lederrücken. «Scholochow hin, Scholochow her», sagte sie zum Vater, der versuchte, Scholochow zu retten. «In Leder können wir fünfzig Kronen bekommen!»
Fische und Schlangen fischte Mischa unter Gullivers Reisen, reich illustriert, hervor:
«Aber Gulliver gebe ich nicht her!»

Die Aufgabe lautete:
MB 1000 – 44 200 Kronen

Haben:

1 Sparbuch Kennwort Hoffnung	20 000.–
1 Lotto-Sparbuch	4 800.–
2 gewöhnliche Sparbücher, Kennwort Zukunft und Mischa	10 500.–
1 Lotto-Sparbuch, von Oma geerbt	8 000.–
bar Vater	80.–
bar Mutter	590.–
total	43 620.–
Fehlt	580.–

dazu: obligatorische Versicherung	?
Kasko-Versicherung	?
Gebühren	?
Verschiedenes	?

«Ich komme mir wie ein Barbar vor», sagte Vater und legte zu dem Stapel Opfergaben noch den gesammelten Shakespeare. «Könnte ich Anzug und Schuhe und Hemd verkaufen, verkaufte ich. Aber wer kauft das? Niemand. Zeig mal die Sparbüchse!»

Aus Mischas Sparbüchse kollerten hundertvierundzwanzig Kronen hervor, und Vater ersetzte sie mit einem Zettel, auf den er geschrieben hatte: SCHULDSCHEIN PER 124 KRONEN.

Er unterschrieb noch und sagte:

«Du bekommst sie, wenn ich sie habe.»

Es klang ziemlich unbestimmt. Der Ball, den Mischa kaufen wollte, löste sich in Luft auf. Auch der Baukasten KLEINER FLIEGER und die Zündkapseln. Zündkapseln vielleicht nicht.

«Ich muß aber nicht in die Schule.»

«Wieso mußt du nicht in die Schule?»

«Wo du das Auto holst ...»

«Da ist etwas dran», sagte Mutter. «Es ist unser erstes Auto. Er sollte dabei sein. Er denkt sonst sowieso auch in der Schule nur noch an das Auto. Was für eine Farbe es hat ...»

MB 1000 materialisierte sich. Einen Augenblick war er smaragdgrün. Dann verblaßte er in ein edles Elfenbein. Er wuchs. Er wechselte die Farbe wie ein Chamäleon, das er inklusive Magot-Affen und Amöben und Reptilien der alten Tierwelt-Ausgabe verschlungen hatte. Er verschlang Shake-

speare und Upton Sinclair, Griechenland in seiner Blütezeit und Aufschwung und Niedergang Roms. Den Sankt-Wenzeslaus-Dukaten. Mutters goldenes Armband mit zwölf Tierkreis-Anhängern. Ein Bild von V.V.Novak. Er kroch dem Vater noch ins Bett nach:
«Du solltest dir das Rauchen abgewöhnen.»
Er versprach demütig:
«Ich rauche weniger. Und billigere Zigaretten. Superior-Rasierklingen. Ich –»
Er stockte.
An seinem Bett stand Mischa. Im Pyjama. Barfuß. Er rieb die Beine aneinander; sehr nachdenklich:
«Wieso denn ein MB, Vater? Du hast doch gesagt ...»
Sie erschraken, daß der MB sie hörte.
«Psst ...»
Sie flüsterten sich zu:
«*Ein* Auto müssen wir unbedingt haben.»
Eine Reihe Vorteile. Im Gegenteil zu den Traumautos mit Namen wie Sterne. Saab. Citroën. Ford Mustang. Studebaker. R 16. Wir leben in der Tschechoslowakei, nicht auf dem Mars. MORGEN ÜBERNAHMEBEREIT. Auf einen Fiat müßtest du noch fünf Jahre warten. Eine Reihe Vorteile. Ersatzteile. Service. Man hatte übrigens auch die Wahl. Entweder MB oder MB X. Auch MB SPORT. Nachdem man sie entwickelt hatte. In zwei Jahren. Oder P 70. Moskwitsch. Oder Wartburg. Oder MB. Oder MB X.
«Sieben Liter.»
«Der Motor läuft wie eine Uhr.»
Mutter sagte: «*Mir* gefällt er.» Sie schlief schon halb. «Farbe spielt keine Rolle. Nur die dunkelgraue nicht. Du weißt, welche ich meine? Die mausgraue.»

4

Es gibt Dinge, die man *unbedingt* und *dringend* braucht, so zum Beispiel die Weltgeschichte in 10 Bänden. Als Vater sie kaufte, wußte er, daß er sie einfach haben *mußte,* es waren fabelhaft dicke Bücher und nahmen im Bücherschrank ein ganzes Meter ein. Einmal will ich sie *eingehend* studieren, dann werde ich besser und gescheiter, aber es war auch etwas, daß sie im Bücherschrank standen, und man *war* schon besser und gescheiter, alles über diese Menschheit und ihre Träume von Freiheit und ihre Morde und ihre Kriege in Reichweite zu haben.

«Zweihundert Kronen», sagte der Mann in der Antiquariat-Buchhandlung, und Vater nickte, obwohl die Bücher weit über tausend gekostet hatten und niemand sie je aufgeschlagen hatte. Wir brauchen *unbedingt* ein Auto und werden besser und gescheiter und schneller, wenn auch nicht so sehr, daß es der Rede wert wäre in diesem Zeitalter, das mit dem Felgenrad begonnen hat: Sie können jede gewünschte Farbe haben, wenn Sie sich für Schwarz entscheiden, sagte Herr Ford und überschwemmte den Markt mit Millionen eckiger schwarzer Autos, und seitdem *unbedingt* und *dringend* und mit FIRESTONE- oder BARNUM-Reifen. Mutter riß den kleinen Widder vom Armband und sagte zu Mischa: «Den behalten wir als Glückbringer.»

«Vierzehn Gramm», sagte der Goldschmied.

«Nicht mehr?»

«Nein.» Winzige Gewichte klingelten. «Es ist nur Kinderschmuck. Eine einfache Arbeit. Auch so schade darum.»

«Ich war sechzehn Jahre alt, als ich es bekam.»

«Ich verstehe. Heute kauft man meistens nur noch Eheringe. Und Bijouterie.» Der Goldschmied starrte Mutter an, und sie wurde langsam rot. Er ließ das Armband unter das Bruchgold und die Goldplättchen fallen. Er schloß die Kassette und versteckte sie im Tresor.

Der Widder in Mischas Hand war kleiner als der Nagel seines kleinen Fingers, aber das schöne Fell ringelte sich am ganzen Körper, und auf dem Kopf hatte er zwei goldene Hörnchen. Der Junge seufzte, er stellte sich sanfte kleine Hämmer vor, die das weiche Gold zu der Hörnchenform ziselierten. Es war ihm klar, daß so kleine Hämmerchen nur noch Heinzelmännchen haben können, daß es Heinzelmännchen gibt und daß sie existieren, daß man allerdings von ihnen wie von manchem andern auch in der Schule und zu Hause nicht reden darf. Schon gar nicht beim Essen.

«Laß dir ja nicht einfallen, jemandem zu erzählen, daß wir Bücher verkauft haben.»

«Nein. Warum? Wem?»

In den Schaufenstern der MOTOTECHNA standen auf Hochglanz polierte Autos. Sie waren genauso wie Hunderte anderer Autos, die man in jeder Straße sehen konnte, aber Männer blieben vor den Schaufenstern stehen und glotzten die auf Hochglanz polierten Autos an. Vielleicht einmal: zweihunderttausend Sparbücher Kennwort Hoffnung, und an der Ecke der Mann mit dem Zylinderhut, hinter dem Hutband rundherum lauter Lose AUSLOSUNG BEREITS MORGEN! HAUPTGEWINN AUTO! Einmal kauften Mischa und Vater ein solches Los, um einen SAAB SPORT zu gewinnen. Mehrere Wochen vor der Auslosung schnitten sie mit ihm scharf die Kurven, Abend für Abend, wenn wir gewinnen, melden wir uns für die Ralley Monte Carlo an, es

war ein knallroter Saab mit Scheibenbremsen, noch im Traum balgten sie sich wegen des Steuers herum:
«Jetzt fahre ich!»
«Wo willst du hin?»
«Zum Meer!»
«Die Haie fressen dich auf!»
«Dich. Mich nicht. Ich kauf mir eine Harpune.»
Ein Spiel:
«Was würdest du machen, wenn du fünfzigtausend gewinnen würdest?»
«Nur so wenig?»
«Also hundert.»
«Die Harpune. Und die Taucherbrille.»
«Ein Zelt mit Vorraum.»
«Und ein Messer.»
«Und einen blauen Koffer.»
In dem Laden redete man nur halblaut. Zigarettenrauch. Es fehlte nur noch eine Orgel. Etwa hundert Plakate: MB X und ein Mädchen im Badeanzug am Meer. MB X und ein Mädchen im Badeanzug und die Burg Karlstein. Vater hatte nun die Taschen voller Geld und ging an den Mädchen in Badeanzügen vorbei und tat so, als ob er immer die Taschen voller Geld hätte. Von irgendwoher schleppte er zwei Kennzeichen aus Blech an:
AD-27-63.
«Jetzt noch das Auto, und wir können fahren.» Er legte die Schilder Mutter in den Schoß. «Zwei Neuner, wenn du zusammenzählst. Neun ist deine Glückszahl.»
«Und AD?»
Das hat er erfunden:
«AD heißt Automobile Domesticum.»

«Auch Auto Deubel. Mit dem Fahren reicht es bei dir nicht weit. Auch Auto Doppelteuer. Auch Auto Dauerhaftersehnt.»

«Auto Drache», schlug Mischa vor. Er folgte dem Vater zum Schalter. Vor dem Autogroßpriester mit Kugelschreiber verlor Vater den Mut. Als ob er nur noch drei Worte kannte. «Warum denn nicht?» Er war froh, daß Mischa ihn in diesem Augenblick an der Hand hielt:

«Warum denn nicht?»

«Wünschen Sie Extras?»

«Warum denn nicht?»

«Zweiklang-Hupe? Kasko-Versicherung? Sitzversicherung?»

«Warum denn nicht?»

BETTVARIANTE INBEGRIFFEN SIE SIND EIN GLÜCKLICHER INHABER EINES WAGENS MB 1000 GEWORDEN UND MIT EINER EINZIGEN BEWEGUNG

«Und die Farbe?»

«Was?»

«Welche Farbe, Vater.»

«Sie können jede gewünschte Farbe haben, wenn Sie sich für Grau entscheiden können», sagte der Verkäufer. «Sie sind zu spät gekommen. Heute morgen hatten wir zweimal Elfenbein und einen roten MB. Allerdings ist grau sehr elegant, und hätte ich die Wahl zwischen Rot und Grau ...»

«Meinen Sie hellgrau?»

«Dunkelgrau.»

«Also mausgrau?»

Vater wurde unsicher. Er schaute sich nach Mutter um und wußte, daß sie jetzt Nein sagt und es weder Automobile

Domesticum noch Auto Drachen gibt, denn wenn sie nämlich etwas nicht haben wollte, dann war es eben dunkelgrau, vielleicht weil sie kein dazu passendes Kleid und keine dazu passenden Schuhe hatte. AD bedeutet Ah Darling; schuldbewußt kam er zu ihr und murmelte:
«Was meinst du zu Dunkelgrau?»
Sie hörte gar nicht erst zu. Kennzeichen im Schoß. Um sie herum rauschte das Meer von den Plakaten und Wind in den Haaren und TEMPO und WEITE FERNE.
Sie sagte:
«Warum denn nicht?»

5

Sie nahmen ein Taxi, neben dem Rückspiegel schaukelte Donald Duck und schielte zu Mischa, der Fahrer sagte: «Ein Auto zu kaufen, ist dasselbe wie ein Kind zu kriegen oder eine Grippe, Freude und Sorge und schließlich doch Freude, wenn man es los wird», er bekam Trinkgeld, wandte sich um und schielte mit Donald um die Wette: «Viele unfallfreie Kilometer, Chef!»
Die Auslieferung befand sich am Stadtrand, früher befanden sich da vielleicht Viehmärkte oder Ställe, im Dreck zwischen den Pfützen statt Pferdehufspuren Reifenspuren: eine Tankstelle und eine Telefonzelle mit eingeschlagenem Glas und einem Mann, der dem irregewordenen Dostojewski ähnlich war. Er schrie in die Muschel:
«Rein Bugulma! Ich warte hier bereits seit zwei Stunden!

Und nichts! Nein. Ich weiß nicht, wann. Ich weiß weder den Tag noch die Stunde!»
Der Himmel war wie Blei. Und Wind. Mutter zog den Rock enger um sich. Fast ertränkte sie ihre Pumps in einer Pfütze.
«Ich wagte es nicht, auf diese Art Roller zu verkaufen. Sicher kragelt man uns hier ab. Und es wird regnen.»
Die Treppe knarrte. Durch die Auslieferung zog ein satter Geruch nach aufgewärmtem Sauerkraut. Und zerlumpte Fräuleins in Badeanzügen vor der Burg Karlstein. Auch an dem gesprungenen Fenster ein Fräulein. Wo die Stadt aufhört, braucht man nichts vorzugeben.
«Hier eilt man nicht», sagte der Mann in der Auslieferung. «Sie kaufen ein Auto, keine Socken.»
«Aber –»
«Was aber?»
«Ich möchte nicht im Regen fahren», sagte Vater. Zusammen mit den Papieren legte er einen roten Fünfzigerschein auf den Tisch. «Ich bin ein mieser Fahrer. Es muß nicht immer Brabham oder Hill sein, begreifen Sie doch.»
«Ich begreife. Fahrschule?»
«Fahrschule.»
«Erstes Auto?»
«Erstes.»
Der Mann in der Auslieferung betrachtete nachdenklich die Papiere und den Fünfzigerschein. Er löffelte seine Suppe aus und sagte zu dem Burschen, der auf dem Herd sein Sauerkraut aufwärmte:
«Nimmst du jetzt den Horatschek?»
«Was für einen Horatschek?»
«Den da. Er möchte nicht im Regen fahren.» Er schnappte nach dem Fünfzigerschein. Er wühlte in den Papieren.

«Er ist Doktor.»
«Ich hab da Essen.»
«Nach dem Essen», sagte der Vater und griff erneut in die Tasche. «Wir warten, bis Sie gegessen haben ...»
«Sie könnten lange warten. Ich esse langsam. Und zwei Bier als Deckel.» Der Bursche im Overall zog die Kasserolle zurück. Nochmals rührte er das Sauerkraut um, als nähme er Abschied.
«Aber nur, weil Sie es sind ...»
Er ging voraus.
«Was ist das?»
«Ein MB.»
«Aha.» Er schaute verliebt die Mutter an. Sie hatte zerzauste Haare. Im Wind sah sie aus wie eine Spielpuppe. «Aber ein Simca würde dem Fräulein besser stehen.»
Er sagte:
«Mein Bruder hat einen Simca.»

6

«Es klappert.»
«Ich höre nichts.»
«Scheibenwischer. Wenn ich einschalte ...»
«Das gibt sich», sagte der im Overall und schaltete die Scheibenwischer aus. «Alles klappert, wenn es trocken ist. Im Regen ... Schlimmstenfalls ein paar Öltropfen. Haben Sie schon mal gefahren? Wichtig ist der Motor.»
Er startete. Mit offener Haube.

«Ein Simca ist das natürlich nicht.» Er schaute dabei Mutters Beine an. «Hundertsechzig die Stunde. Manchmal borgt er ihn mir.»
Sie hatte Angst, daß er sagte:
«Was machen Sie am Sonntag?»
Sie sagte:
«Wo ist das Reserverad?»
«Vorne unter dem Kofferraum.» Er schloß auf. «Hier. Montagesatz; die Winde.»
Mischa schlenderte im Hof herum. Zwei rote Fiat 600. Moskwitschs. Etwa zwanzig dunkelgraue MB, aber nur einer davon war Auto Drache 27-63. Er sagte:
«Es ist das beste Auto in der Welt!»
Dem Auto war es gleich. Es mochte Kinder nicht gern. Sie tasteten den Lack ab und schlugen die Türen zu. Auch die schmutzigen Finger auf dem Kunstleder der Sitze; Mutter streichelte sie sanft mit dem Handschuh:
«Fast wie Leder. Ich laß mir ein graues Kostüm schneidern und lerne fahren.»
«Du?»
«Ich.»
«Meinst du, daß es dasselbe ist wie Nachttöpfe wechseln?»
Das Auto stöhnte auf. Sprunghaft eilte es zum offenen Tor.
«Die Kupplung ist äußerst empfindlich», sagte der Vater und schwitzte. Er konnte dem Tor bloß um fünf Zentimeter ausweichen.
«Paß auf, die Säule, Vater!»
«Ich sehe!»
Der Motor starb ab.
«Wie sieht es links aus? Kommt niemand?»
«Niemand.»

«Ich wechsle doch nicht Nachttöpfe», sagte Mutter betroffen und kauerte sich zusammen. «Aber sogar das muß man können!» Sie setzten stotternd ihren Weg zur Hauptstraße fort. Der Motor brüllte. «Was ist mit dem Auto?»

«Es ist neu. Das ist alles.»

«Es hat auch eine kleine Lampe», sagte Mischa. Er schnupperte. «Vater, etwas brennt!»

«Was kann schon brennen?»

«Lumpen.»

Er schnupperte erneut.

«Wie ...»

«Vielleicht der Auspuff», sagte Vater. Er schaltete mit lautem Krachen. «Er brennt aus, und damit natürlich ...»

Vom Tor jagte ihm der Bursche im Overall nach:

«Die Handbremse! Willst du ihn ruinieren, Mörder?»

Vater lockerte die Handbremse. Er war weiß. Seine Hände zitterten. Er merkte gar nicht erst, daß er bei Rot über die Kreuzung fuhr. Er fuhr immer weiter.

In zwei Tagen schaffte er die Runde Burg Kost, Ruine Zbiroh und Burg Karlstein. Fünfzig Kilometer in der Stunde. Immer mitten auf der Landstraße. Die Fahrer hinter ihm wurden rasend.

«Wozu Eile? Wichtig ist, das Auto *richtig einzufahren.*»

Er blieb nur stehen, um zu tanken oder wenn es regnete. Unmittelbar danach raste dann jedesmal eine Kolonne hupender Autos vorbei. Wie ein Wirbelsturm.

In der Kneipe an der Landstraße gab es Wurstsalat und Kegelbahn.

Drei Opas aus dem Dorf spielten um Bier. Sie borgten Mischa die unregelmäßige Kugel.

«Wenn du triffst, bekommst du einen Schluck!»

Zuerst traf er nichts. Das zweite Mal stürzte er zwei Kegel um. Er bekam einen Schluck und leckte am bitteren Schaum. Er fühlte sich prächtig. Niemand paßte auf ihn auf, sogar dann noch nicht, als er grob wie die Opas redete. SCHEISSE-WIEDERDANEBEN. Vater und Mutter reparierten Scheibenwischer und verfluchten den Mann aus der Auslieferung:
«Alles klappert, wenn es trocken ist. Wenn es regnet ...»
«Schlimmstenfalls einige Öltropfen ...»
Es genügten einige Öltropfen, und die Scheibenwischer wischten gar nicht mehr ab. Mutter blätterte in SERVICE UND INSTANDHALTUNG. Sie entdeckte das Schema der elektrischen Schaltungen. Sicherungskasten links im Hauptkofferraum. Eine Sicherung war durchgebrannt. Ein dünner verkohlter Draht. «Und der nennt dich einen Mörder!» Sie lachte. Sie wechselte die Sicherung. Die Scheibenwischer begannen abzuwischen. «Weißt du, was der meinte? Ich sei deine Tochter!»

7

Das beste war das mit dem Bier und Kegeln. Auch noch drei Katzen *irgendwo,* in einer der Burgen. Das andere nämlich nicht mehr. Als Mischa zu Eva Kratzner sagte, die mit ihm in der letzten Bank saß:
«Weißt du was? Wir haben ein Auto!»
Sie sagte: «Na und?» Und flocht auch weiterhin verträumt an ihren Zöpfen und dachte daran, wen sie jetzt mit ihrer Mutter heiraten:

«Wir haben drei Möglichkeiten, jetzt eben. Einen General mit einem Tatra 603 und einen Internisten, aber wir heiraten wohl den Fernsehkameramann, der den Hund Hubert hat.»
«Würdest du umziehen?»
«Wahrscheinlich.»
Sonst war es Käse, mit einem Mädchen zu sitzen, aber mit Eva Kratzner nicht. Mischa grämte sich, daß sie nicht sagte:
«Nimmst du mich mit? Mit dem MB?»
«Manchmal.»
An einem MB vorbeizugehen und nur so leichthin zu sagen:
«Manchmal schon ...»

8

«Frauen fahren besser als Männer. Das ist statistisch bewiesen», sagte Mutter und schrieb sich für Fahrschule ein. Vater rasierte sich nicht mehr und ging nur noch vormittags in die Rechtsberaterstelle. Nachmittags nahm er frei. In zwei Tagen nahm er zwei Kilo ab. Er hörte gar nicht zu, als Mischa (ausnahmsweise) meldete:
«Ich habe in der Schule eine Eins bekommen!»
Er aß seine Suppe und dachte an sein Auto. Er schlief und hatte Angst um sein Auto. Er saß im Auto und hatte Angst vor dem Auto. Vor seinen tausend Listen und Tücken. Vor dem Klappern der Scheibenwischer. Vor plötzlichem Aufjaulen im Inneren des Getriebes, das genauso rasch verschwand, wie es auftauchte, um im nächsten Augenblick vom Klopfen und Scheppern der Karosserie ersetzt zu werden.

«Hast du gehört!»
«Jetzt wieder!»
«Und hinten!»
Er bemühte sich, sich bei dem Auto einzuschmeicheln. Er schmierte es zusammen mit Mischa mit duftigen Salben und Poliermitteln SIMONIZ SPEZIAL. Für den Chrom SIMONIZ SUPER CLEANER. Er redete mit dem Auto wie mit einem lebendigen Wesen:
«Was hast du, du Trottel?»
Jeder Kratzer im Lack brannte sich in seine eigene Haut ein. Er fühlte sich, als ob nicht das Auto, sondern er selbst über holpriges Pflaster mit unzähligen Löchern rollte. Wenn die Stoßdämpfer knirschten, zog sich sein eigener Bauch schmerzhaft zusammen.
Er sagte vor sich hin:
«Ich zähme dich auch so.»
Das war ein Irrtum. Die Zeit, in der prächtige einsame Männer wilde Mustange bändigten und mit Lassos an den Beinen fesselten, waren unwiederbringlich vorbei. Das Auto bändigte den Vater. Zuverlässig. Allmählich. Bis in die Fingerspitzen. Es dauerte einige Wochen, bis es ihn vollkommen durchdrungen hatte. Würde er jetzt die Hand auf sein Herz legen, würde er feststellen, daß bei höherer Tourenzahl sein Herz schneller klopfte und daß es stehenblieb, wenn das Benzin ausging. Er erzählte es allen, die bereit waren, zuzuhören:
«Es braucht sieben Liter.»
«Auf hundert?»
«Haargenau sieben Liter zwei. Die Höchstgeschwindigkeit hundertfünfundzwanzig auf der Ebene. Aber ich kann hundertdreißig herausbringen!»

Er putzte sich Zähne und erinnerte sich auf einmal:
Den Ölreiniger putzen!
Steuerung durchschmieren!
Und Pedale!
Dann rasselte etwas draußen.
Und Mischa schrie:
«Vater! Sie treten das Auto mit den Füßen!»
In der Finsternis verschwanden schleunigst Filipi, Klenha und Passer. Auf dem Gehsteig blieben Steine zurück, die die Tore bezeichneten. Vater betastete die Autotür, wo der Ball aufgeprallt war. Das Blech war eingedrückt und ganz unten lag ein Lacksplitter.
«Sie hauen mich zusammen.»
«Warum sollten sie dich zusammenhauen?»
«Sie kennen dich nicht. Sie glauben, daß du sie verpetzt. Du kennst sie nicht.»
«Hast du Angst?»
«Eigentlich nicht.»
Aber er hatte Angst. Er wiederholte:
«Eigentlich nicht.»
Er betastete die angeschlagene Autotür.
«Macht's dir sehr viel aus?»
«Ziemlich», sagte Vater. «Es lag mir daran, ein Auto zu haben. Ich wollte einfach wissen, ob ich eines haben kann. Begreifst du?»
«Nein. Aber jetzt hast du es.»
«Vielleicht. Jawohl. Noch nicht ganz. Erst als ich der Mutter ein neues Armband gekauft habe ...»
«Will sie es?»
«Nein. Eben. Du darfst ihr nichts sagen, bis wir es gekauft haben. Die Tür laß ich ausklopfen. Einmal ...»

Mutter kam von der Fahrschule zurück, als das Haus schon abgeschlossen war. Sie wußte nichts. Die Nacht war voller Sterne. Auf den MB 1000 schneite Ruß und am Morgengrauen auch noch Tau herunter. Es war nicht mehr ein funkelnagelneuer MB. Die linke Tür war gerammt, und jemand hat in den Ruß und in den Tau gekritzelt CITY POLICE OF VORSTADT.

Und noch ein Sheriffstern. Kindliche Finger. Und am Koffer und an der Haube. Allmählich ähnelte das Auto einer Stadt, die am Rande der Stadt heranwuchs. Es paßte sich den auseinanderklaffenden Spalten der Fertigteilhäuser an, aus denen im Zwielicht weißüberstrichene Inschriften als Gazeverbände schimmerten. In Häusern mit Gazeverbänden schliefen Leute. Sie wußten nichts voneinander. Es gab zu viele Häuser, und gegen den Winter wurden die Nächte länger.

9

Zwei Kilometer weiter starb in einer Kellerwohnung ein alter Mann (er starb jetzt jede Nacht, damit er vom Begräbnis träumte, erwachte aber jedesmal, wenn's am schönsten war), brennender Schmerz im Bein und Angst vor Morgen und dem Einkassieren:

67 Kronen Mietzins,

das ist nicht viel, sagte er sich, Strom und Wasser inbegriffen, aber ich mach jetzt so selten Licht, nur um das Bett zu machen, und den Schnellkocher, nur am Morgen, noch nie sagte ich: Ich habe kein Geld. Ich kann nicht zahlen. Stolz. Scheu, es zu sagen. Er stand auf. Er zählte das Geld, das er hatte. Eine Handvoll Kleingeld von gestern, vierzehn vierzig, das wußte er auswendig, aber für Brötchen morgen, zwei Eier habe ich noch zwischen den Fenstern und auch Quark, also nur Brötchen.

Ich mach nicht auf, wenn der Briefträger läutet.

Ich bleib still.

Kein Radio.

Er stand barfuß auf den Fliesen, und sein Bein schmerzte immer mehr, ein zuckender Schmerz in dem Knie, er kniete auf das Knie und auf die Fliesen, weil er wußte, daß er aufmachen und der Briefträger sagen würde: Was macht das Knie, Herr Andrys?

(Eine Krone für den Briefträger.

Trinkgeld.)

Ich könnte etwas verkaufen.

Aber was?

Es kam ihm in den Sinn, daß er noch das Auto und den Schuppen hatte, aber das war nicht das Richtige, weil er das Geld bis Morgen brauchte, das Auto hatte er bereits abgemeldet und alles verkauft, was daran noch brauchbar war, und den Schuppen hat er sich seit einem halben Jahr nicht mehr angeschaut, vielleicht ist er zusammengestürzt, aber das hätte man ihm gesagt. Die Bahn verlangt für das Abschleppen eines Autos einen Hunderterschein, einen Hunderterschein konnte er nicht geben, er kniete auf jenem Knie und auf den Fliesen und streckte sich nach seiner Kasse unter dem Bett, er nahm sechzig Kronen, ich gebe es zurück, wenn ich es habe, gerade nur die Miete und die Brötchen, in der Kasse lag sein Begräbnisgeld, erste Klasse, fünf-

hundert, er brauchte zweitausendzweihundert, tausend gibt der Nationalausschuß dazu, noch siebenhundert, er steckte die Kasse zurück unter das Bett und legte sich hin:
Die sechzig Kronen hole ich ein.
In der Wohnung war es kalt.
Der alte Mann vermummte seine Ohren mit den Kissen (in der letzten Zeit froren seine Ohren am schlimmsten) und dachte an die Zeit, die ihm blieb und die er eben um sechzig Kronen verlängerte, an die Zeit, bis er einen Sarg mit Silber und fünf Kränzen haben wird.
Noch siebenhundert.
Dann sterbe ich.
Ich muß mich anstrengen.
Es wunderte ihn, daß er sich einst etwas anderes gewünscht hatte.

Die Verwandlungen der Dinge

1

Der Alltag wurde langsam ähnlich dem Alltag *vor* dem MB 1000. Mutter machte das Frühstück, und aus dem Badezimmer duftete es in der ganzen Wohnung nach dem Rasierwasser, Vater pfiff zufrieden, obwohl er sich jetzt statt mit den Rasierklingen Wilkinson je fünf Kronen die Packung mit den Rasierklingen Sieger je eine Krone die Packung rasierte. Übrigens war das Ergebnis gleich. Das Pfeifen verstummte unerwartet, und Vater kam ins Wohnzimmer, den Hals voller frischer Kratzer:

«Ich hab mich schon wieder geschnitten!»

Und Mutter meinte:

«Sag lieber, wann du dich nicht geschnitten hast.»

Und Vater sagte zu ihr:

«Julie, du bist zauberhaft.»

Obwohl Mutter Helena hieß.

Beim Frühstück las Vater drei Zeitungen und stöhnte dabei, als ob man ihn mit einer Rasierklinge fein zerstückelte. Er stöhnte, bis Mutter mit dem Brotschmieren für Mischas Zwischenverpflegung aufhörte und fragte:

«Was steht heute in der Zeitung?»

Und Vater faltete die Zeitung zusammen und sagte:

«Wieder nichts.»

Was Vater eigentlich in der Zeitung las und suchte, entdeckte Mischa nie. Weil da immer eine Menge interessanter

Ereignisse stand: SCHILDKRÖTE ENTGLEISTE DEN ZUG. GANGSTERBANDE ÜBERFÄLLT DAS POSTAMT! SCHWERES LEBEN LEICHTFÜSSIGER MÄDCHEN. Oder AUSLAND:
ERSATZ? In der englischen Tageszeitung *Bristol Evening Post* erschien eine Annonce: «Aggie, Liebling, komm zurück, alles vergeben. Mein Papagei ist verreckt.»
Diesmal jedoch sagte Vater nicht «Wieder nichts» wie sonst, sondern: «Es steht bereits hier!» Und machte mit rotem Stift einen Kreis um fünf kurze Zeilen auf der vorletzten Seite:
Garage für ein MB 1000 gesucht
dringend irgendwo in Prag, Tel.
22-43-17 am Tag oder
83-41-16 abends. Chiff.: «Hinweis
wird belohnt 625 D»
Mischa seufzte.
Er dachte an Filipi.
Und an Klenha.

2

Als sie nach der Schule nach Hause gingen, schmiß Filipi ihm den Ranzen unter die Füße:
«Scheißer Horatschek!»
Sie brüllten ihm nach, nachdem er gefallen und aufgestanden und geflüchtet war:
«Mamisöhnchen!»

Das Trampeln hinter ihm. Mischa erreichte den Zaun des Spielplatzes. Er versuchte, das Drahtgeflecht hinaufzuklettern. Er rutschte herunter. Dann sah er sie wieder. Unter sich. Filipi und Exner. Und Wolf und Klenha. Er stieß mit dem Schuh ins Leere:
«Kannst nur probieren!»
Sie probierten. Sie zogen ihn herunter.
An dem Schuh.

3

Zuckender Schmerz. Er spürte, wie sein Auge unter der Schwellung verschwand. Durch engen Spalt zuckten kleine Flammen des Gasboilers.
«Haben die dich denn schon wieder zusammengehauen?»
Heißes Wasser polterte in der Badewanne. Vater hob den verstaubten Kindermantel mit abgerissenen Taschen vom Boden auf. Er hängte ihn auf den Kleiderhaken. Zwei Knöpfe samt Stoff ausgerissen.
«Die Taschen hat Wolf mir abgerissen ... Und ...»
«Steh still und mach kein so blödes Gesicht, oder ich haue dir noch obendrein eine runter», sagte Mutter. Sie war ziemlich nervös. In Eile wusch sie Mischas angeschlagenes Knie mit Wasserstoffoxyd. «Könntest du wenigstens raufen!»
Der Junge zischte vor Schmerz.
Kleine Flaschen klirrten. Mutter wusch sich die Hände. Eilig strich sie vor dem Fenster mit dem Lippenstift über den Mund.

«Das Abendbrot ist im Kühlschrank.»
«Natürlich Wurst.»
«Und Käse. Ihr könnt euch auch ein Omelett backen.»
«Omelett gab es gestern.»
Sie hörte nicht mehr. Die Wohnungstür klappte zu. Die beiden blieben allein. Vater ging in die Küche. Er stellte das Teewasser auf. Er sah den Jungen, wie er ihm nachhumpelte.
«Wieso humpelst du?»
«Es tut weh. Hast du schon die Garage?»
«Noch nicht.»
Im Kühlschrank standen Wurst- und Käseteller. Zunächst zwei Angebote. Blondine mit eigener Wohnung sucht Gesellschaft für Autoreisen. Und dreißig Kilometer von Prag eine Scheune zu verkaufen. Vater stellte zwei Tassen auf den Tisch.
«War Klenha auch dabei?»
«Und Filipi», sagte der Junge. Seine Nase floß. «Er sagte, das sei ein Scheißauto, und kritzelte auf dem Kofferraum, und als ich sagte, er solle nicht kritzeln, sagte er, er sei Mitglied im Verein für ein schöneres Prag ...»
Mit den Tassen humpelte er dem Vater nach in das Eßzimmer. Er sah ihn am Fenster stehen. Von draußen hörte man die Schaltung knirschen. Der gequälte, auf hohen Touren laufende Motor.
«Mutter lernt wieder fahren?»
«Jawohl», sagte Vater. Er schaute dem hüpfenden, stotternd anlaufenden Sedan mit dem Dreieck der Fahrschule nach. Neben dem CITY POLICE OF VORSTADT und dem Sheriffstern hat jemand auf das Reserverad hinten unter das Schild ICH FAHRE EIN geschrieben:
ÜBERALL!

WAHLLOS!
Die Teekanne in der Küche pfiff. Das Wasser dampfte. Vater goß den Tee auf und verbrühte sich. Er wickelte sich die Hand mit dem Taschentuch um.
«Am liebsten würde ich das Auto verkaufen.»

4

In der Nacht stahl jemand die Scheibenwischer. Die hintere Stoßstange war gerammt und rostete allmählich.
«Auch unten», machten die Männer im Service den Vater aufmerksam. Sie klopften mit dem Schraubenschlüssel leicht auf den Auspufftopf. Ein Stück Rost blätterte ab und fiel zu Boden. «Scheibenwischer gibt es nicht. Vielleicht in einem Monat.»
Sie wuschen das Auto mit Shampoo. Die Inschriften verschwanden. Nur noch der Sheriffstern schimmerte durch im stumpfen Lack.
«Eine Garage? Da finden Sie schon eher eine Wohnung mit Springbrunnen und goldenen Fischen in Prag ...»
«Ausgenommen ...»
Der Garagist rauchte Habanas, aber er nahm eine Packung amerikanische Zigaretten an. «Lassen Sie mir Ihre Telefonnummer, Doktor. Falls zufällig etwas frei wird. Voriges Jahr konnte ich einen hier unterbringen. Nach einem, der sich bei Zbraslav samt seinem Auto umgebracht hatte ...»
In der Halle gab es vierzig Boxen mit Zentralheizung. Vierzig Möglichkeiten. Vater ertappte sich dabei, daß er mit völlig

neuem Blick den Mann betrachtete, der mit einem blauen Moskwitsch aus einer Boxe herausfuhr ...

Wer weiß ...

Er war entsetzt.

«In einem Menschen ist alles verborgen», sagte er zu seiner Sekretärin, zurück im Büro. «Möglicherweise ein Genie und möglicherweise ein Schuft, der bereit ist, das Unglück der andern auszunützen.»

Sie begriff nur eines.

«Kaffee?»

«Aber Gift.»

Rechtsberaterstelle Nummer Neun, Arbeitsplatz B bildeten vier Schreibtische. Zwei Lampen. Ein welkes Feigenbäumchen. Und ein Bild von einem hussitischen Krieger.

«Ein Genosse hat angerufen ... Ein Kafka ...»

«Der Hochstapler?» Bestimmte Namen verwandelten sich für den Vater in schriften- und protokollkundige Namen. Anklagen. Verteidigungen. «Kafka Karl? Ein Urlaub an Rivière für dreitausend?»

«Das weiß ich nicht. Er sagte etwas von einer Anzeige. Er sagte, er hätte eine Garage für Sie.»

«Ruft er nochmals an?»

«Das wohl nicht.»

Die Sekretärin wühlte in den Zetteln. Endlich hatte sie den richtigen:

«Er wartet um drei Uhr in der Passage Lucerna. Kennzeichen: eine Blume in der Hand.» Sie bemühte sich, Ernst zu wahren, aber es übermannte sie. Ein Lachkrampf. Fast verschüttete sie den Kaffee. «Aber kein Komischer. Eine Blume in der Hand.»

Er hörte kaum zu. Er notierte:

Drei Uhr. Lucerna. Kafka. Sicher nicht Kafka Karl. Zwei Jahre ohne Bewährung. Vor sechs Monaten. Das mußte ein anderer Kafka sein. Zufällige Übereinstimmung.
«Hören Sie mal ...»
Plötzlich wurde er unsicher:
«Die Blume ... Ich, oder er?»

5

Sicherheitshalber trugen sie beide eine Blume. Vater und Junge. Sie gingen durch die Passage an den beleuchteten Schaufenstern vorbei. MUSIKINSTRUMENTE und SCHNELLIMBISS HEUTE KARTOFFELPUFFER und KINO-VORVERKAUF und MODEVA, THEATER ROKOKO, zum ersten Mal wurde es dem Vater heute bewußt, daß Lucerna einen Irrgarten unzähliger Gänge vom Kino bis zum Theater ABC bildete, es war in fünf Minuten drei Uhr, sie gingen immer schneller an FOTO KINO und WOHNUNGEN TAUSCH ATELIERS UNTERMIETE vorbei. Im Neonlicht bemerkte Vater einen frischen blauen Fleck im Gesicht des Jungen.
«Schon wieder?»
«Heute nicht», sagte Mischa stolz, «heute konnte ich ihnen davonlaufen. Das hab ich vom Turnen.»
Dann erinnerte er sich noch:
«Ich soll dir von Filipi ausrichten, daß er dir die Scheinwerfer mit Steinen zerhaut, wenn du nochmals der Lehrerin schreibst.»

Vater war erschüttert. «Sag Filipi, daß er für den Galgen heranwächst, und halt die Blume schön sichtbar vor dich.»
Menschenmassen.
Ein Greis mit Vogelgesicht trat an den Vater heran. Heiser schrie er:
«Eine größere Wohnung für eine kleinere?»
Eine scharfe Nase unter den Brillenringen.
Er schlug ein schmuddeliges Notizbuch auf. Ich habe Hunderte von Adressen.
Sein loser Lodenmantel flatterte ihm wie Flügel nach.
Mischa faßte den Vater an der Hand.
«Was wollte er?»
«Nichts. Er bietet Wohnungen an.»
«Warum?»
«Er lebt davon. Er notiert, wer eine Wohnung umtauschen will. Jemand braucht eine größere Wohnung. Jemand wiederum eine kleinere. Er führt sie zusammen und hat ein bißchen Geld für die Zigaretten.»
Tausende weiße Angebot-Zettel in den Glasvitrinen entlang der Gänge. Fotos von Motorbooten. Von Weekendhäuschen. Von Hunden.
«Verkauft man auch Hunde?»
«Jawohl.»
Prächtige Hunde mit herausgestreckter Zunge. Fünf Junge im Körbchen. Mischa verträumt:
«Würdest du mir einen Hund kaufen?»
«Ich weiß von unzähligen Hunden», sagte der Greis mit dem Vogelgesicht. Er folgte ihnen wie ein Schatten. «Ein junger Schäferhund ohne Stammpapiere, hundert Kronen. Du kannst auch einen Collie haben. Einen afghanischen Windhund. Einen sprechenden Papagei ...»

«Vater ...»
«Angorakätzchen ...»
«Verduften Sie, Alter», sagte der dürre Mann vor den Fotos der Weekendhäuschen. Er hatte eine Papierblume im Knopfloch eingesteckt. «Was soll er mit einem Kätzchen? Er braucht eine Garage.»
Und einen Dreitausendurlaub an der Rivière, dachte sich der Vater. Im stillen verabschiedete er sich von der Garage. Es ärgerte ihn, daß er überhaupt gekommen war. Also doch Kafka Karl. Dollar-Blüten. Vorschüsse auf nichtexistente Autos.
«Hat man Sie denn schon freigelassen, Herr Kafka?»
«Amnestiert.»
Der Hochstapler aß den Würstchenrest auf. Auf einem Stückchen Papier hatte er Senf. Mit gelassener Eleganz wischte er sich die Finger an der Papierblume ab. Er zerknitterte sie. Falls er einen anderen, unbekannten Dr. Horatschek erwartet hatte, ließ er das nicht erkennen. Er sagte ruhig:
«Wir können gehen ... Das hier ist rein zufällig keine krumme Sache ...»

6

«Brauchen Sie vielleicht Dollars?»
«Nein.»
«Auch D-Mark nicht?»
«Sie vergessen, daß ich Ihre Dollars kenne», sagte Vater.

Der MB 1000 fuhr jetzt an letzten Fertigteilhäusern Prags vorbei. An den letzten Trambahnen vorbei. «Sie sollten sich etwas anderes einfallen lassen.»
Der Hochstapler war nicht beleidigt.
«Ihre Sache, wenn Sie nicht wollen. Ich frage ja bloß. Der Mensch kann immer etwas brauchen. Zum Beispiel Scheibenwischer. Wie können Sie ohne Scheibenwischer fahren?»
«Sie wurden mir gestohlen.»
«Wollen Sie Scheibenwischer kaufen?»
«Das gibt's nicht.»
«Haben Sie gefragt?»
«Überall. Im Service. Bei Mototechna ...»
«Ich habe gefragt: Haben Sie mich gefragt?»
«Wollen Sie damit sagen ...»
Der Hochstapler sagte zu Mischa:
«Schau, ein Pferd ...»
Es waren zwei Pferde bei der Feldarbeit. Einige Meter von der Endhaltestelle der Trambahn. In Prag! Mischa stieß zweimal mit der Stirn auf die Fensterscheibe, aber es machte ihm nichts aus. Begeistert betrachtete er die Pferde. Die Männerhand vor sich. Finger voller Ringe mit glitzernden Steinen.
«Willst du?» sagte Kafka. Er gab ihm einen Ring. «Für dein Mädchen. Hast du bereits eines?»
«Noch nicht.»
Der Ring mit dem roten Stein rutschte Mischa vom Finger. Er dachte an Eva Kratzner, die mit ihm in der letzten Bank saß:
«Eigentlich nicht ...»
«Das wird sich machen», sagte der Hochstapler. «Jetzt nach rechts. Es gibt entschieden mehr Mädchen als Garagen. Sie

haben Glück. In Italien stellt man Wagen sogar auf Dächern ab. Nach links, und anhalten. Sie warten hier auf mich.»

«Wo ist er hin?» fragte Mischa, als Kafka im Zauntor verschwunden war. Drinnen jaulten Hunde auf. Nirgends ein Dach. Nur in einer Ecke ein niedriger Schuppen. Das Gerippe eines Kinderwagens, gestützt am Zaun. Im Straßengraben eine weggeworfene Nähmaschine. «Kommt er wieder, Vater?»

Der Stadtrand machte ihm Angst. Überall nur rostiges Gras und Wind. Hoch in den Drähten schaukelte ein zerrissenes Drachengestell.

«Vielleicht ...»

«Hab keine Angst ...»

«Kennst du dich hier aus?»

«Nein ... Ich weiß nur, daß da unten die Endhaltestelle und dann die Familienhäuschen ... Ich war noch nie hier ...»

Hinter dem Zaun bellten erneut Hunde. Dann erschien Kafka. Die Hände hinter dem Rücken versteckt. Als er sie mit einer Zauberkünstlergeste ausstreckte, sah man zwei Scheibenwischer.

«Zwanzig je ein Stück.»

Er montierte sie an. Der Gummi war am Rand nicht mehr tadellos. So sehr *neue* Scheibenwischer waren das auch wieder nicht.

Vater meinte: vielleicht sind das die unseren, die in der Nacht verschwunden waren. Aber er bezahlte, und er bezahlte gern.

«Sie sind ein Zauberkünstler, Herr Kafka.»

«Wieso?»

Der zufriedene Kafka machte es sich vorne bequem. Mit dünnen Fingern betastete er das Kunstleder der Polsterung.

«Um die Ecke gibt es einen Weg. Wenn Sie das Auto einmal verkaufen wollen, sagen Sie mir Bescheid. Ich habe eine Menge Interessenten. Sie verdienen dabei.»
Der MB 1000 bog ein. Stöhnend kletterte er über dreckige Straßenlöcher. Der Stadtrand erinnerte an eine Mondlandschaft. Unerwartete Löcher, darin stand Wasser. Manchmal bespritzte es noch die Vorderscheibe. Schmutziges Wasser, dick wie Schokoladencreme. Die Scheibenwischer wischten es knarrend ab. Im Hügel tauchte eine Garagenreihe auf. Bunte Rolladen aus Wellblech. Überall Reifenspuren.
«Hier?»
«Noch ein Stückchen weiter.»
Vater begann zu pfeifen. Er fühlte sich prächtig. Er hatte die Scheibenwischer. Allmählich glaubte er an die Garage.
«Wie ist sie?»
«Was?»
«Die Garage.»
«Sie sehen selbst. Sie haben Glück, daß wir uns getroffen haben. Ich bekomme fünfzig Kronen.»
«Wofür?»
«Fürs Zeigen.»
«Jetzt?»
«Natürlich. Dann wissen Sie ja bereits, wo sie liegt. Und nochmals fünfzig Kronen für die Adresse des Inhabers. Sie nahmen doch nicht an, daß ich die Garage habe. Sie schrieben in der Annonce ...» aus der Westentasche fischte er ein abgerissenes Stück Zeitung aus, «Hinweis wird belohnt.» Das stimmte.
Vater pfiff nicht mehr. Er griff in die Tasche nach dem Geld. Kafka steckte den Fünfzigerschein hinter das Hutband.
«In Ordnung. Jetzt hinauf!»

Der Weg wurde enger. Jemand hatte ihn mit Steinen gepflastert. Manchmal fuhren sie an einem halbumgestürzten Zaun vorbei. Dann erschien ein verzogenes Tor, geflickt mit Blechtafeln SEIFE HELLADA und NEHERA MACHT DIE KLEIDER GUT. Der Weg hörte auf.

Kafka stieg aus.

Verträumt sagte er:

«Wette einen Hunderter, falls sie was Besseres erwischen. *Hören* Sie die Glöckchen?»

Die Zeit stand still. Im Geäst klingelten vergessene Metallstangen, die einst Spatzen verscheuchen sollten. Ein Hase sprang dem Jungen unter die Beine.

«Vater ...»

Mischas Herz hämmerte. Hinter dem lückenhaften Zaun erschien ein Urwald. Eine Insel. Das Land der hohen Gräser.

7

Der morsche Torriegel hing an einem einzigen verrosteten Nagel, der bei erster flüchtiger Berührung ausbröckelte. «Hinein müssen wir ja», sagte Kafka, «hier kommt doch kein Mensch jahrein jahraus, dem Alten schaut der Tod aus den Augen, und für die Jungen ist es hier ein Ende der Welt, die übliche Geschichte.» Er bemühte sich, das Tor aufzumachen, aber es gab erst nach, nachdem er es zusammen mit dem Vater mit Schulter gerammt hatte. Langsam, knarrend verschob es sich um zwei Handbreiten. Im Spalt flammten hohe Gräser aus dem Hof hinauf und dicke Stengel schalenartiger Pflanzen, die das Tor von hinten bewuchsen. Distel und Klette.

«Irgendwo wird hier sicher eine Sense sein, wenn Sie dann eine anständige Einfahrt einrichten wollen ...»

«Hier?»

Der Vater watete durch das Gras auf die Bäume zu, die das Dach stützten.

Betroffen sagte er:

«Wollen Sie damit sagen, daß ich mein Auto hier abstellen soll? Das ist doch nicht Ihr Ernst, Verehrtester.»

«Warum nicht?» Der amnestierte Hochstapler steckte sich eine Zigarette an. Im Wind erlosch ein Zündholz nach dem andern. «Wenn Sie hier nicht einfahren, wird ein anderer hier einfahren. Und nur zu gern. Wette zwei Hunderterscheine, daß Sie nichts Besseres finden. In ganz Prag.»

«Es ist ein mieser Schuppen.»

«Auf den ersten Blick vielleicht. Wenn Sie ihn anstreichen und ein Stück Eternit hinaufhauen ...»

Der Schuppen war schmutzig rot und mit zwei Pfeilern gestützt. Das Teerpapier am Dach war aufgebeult und rasselte im Wind. Unter dem windschiefen Vordach stand auf drei Beinen ein Tisch. Ein Blechwaschbecken auf einem Ständer. Der Hochstapler stützte das Vordach mit einem kleinen Balken:

«Ein paar kleine Balken und einige Brettchen ...»

Lieber schon abreißen und neu bauen. Vater betastete trübselig die Wände. Abgeblätterte Blechtür.

«Sie sagten eine Garage ...»

«Im Grunde», sagte Kafka beleidigt. «Im Grunde ist das eine Garage. Und auch ein Schuppen. Oben ein kleiner Dachboden und unten eine Garage. Glauben Sie nicht?» Er spuckte auf sein Taschentuch und putzte das Fenster.

«Der Alte hat dort noch ein altes Schrottauto, einen Grand. Man müßte es abschleppen.»

Im Zwielicht unter dem Fenster stand tatsächlich etwas Autoähnliches. Ein schwarzer, an einen Leichenwagen erinnernder Kasten mit einer Statuette auf dem Kühler und einem Segeltuchdach. Vater sah den MB 1000 vor sich, mit angeschlagener Tür und der Inschrift CITY POLICE OF VORSTADT, die noch durch schampunierten Lack schimmerte. Der schwarze Kasten brauchte mindestens nicht draußen im Regen stehen.

«Ich schleppe es ab.»

Im Vergleich mit der Straße wurde der Schuppen allmählich für ihn ein Paradies.

«Ein bißchen Farbe und Bretter. Vielleicht haben Sie recht. Im neuen Gewand ...»

Er schaute um sich:

«Mischa?»

Eine Weile nur noch das sonderbare Stangenklimpern. In Stille. Dann ein Rascheln. Unerwartet tauchte der Junge im Gesträuch auf. Versaut. Einen verrosteten Reifen in der Hand.

«Das hab ich gefunden», sagte er begeistert. «Es ist auch noch ein Tretauto ohne Rädchen dort.» Am liebsten hätte er auch noch das Tretauto holen wollen. «Es ist ein ganz doller Schuppen, Vater. Im Sommer könnten wir hier wohnen. Wie in einem Weekendhäuschen.»

Die Kompliziertheit der Dinge

1

«Du machst deinen Anzug schmutzig», sagte die Mutter, und der alte Mann, dem der Schuppen gehörte, sagte: «Nein, Mutter», aber er machte ihn schmutzig, und er spürte wieder den klebrigen Orangensaft, der sein Kinn hinunter und weiter auf den Anzug mit goldgesticktem Anker von der Firma Ackermann tropfte, der erste Anzug, der tatsächlich sein eigener war, bis dahin hatte er alles vom Bruder geerbt, auch Schuhe und Mützen, das Klappmesser nicht, das hab ich ihm gestohlen, er erinnerte sich, wie es hinter dem Bett lag und der Bruder danach heulte und suchte, es war ein Klappmesser aus Wien, mit vier Klingen, aber die dickste konnte man nicht aufmachen, nur die drei, das war nett von der Mutter, daß sie ihm den Anzug und den Hund kaufte, den Hund nicht, den haben wir geschenkt bekommen, er hieß Rex, an den Vater erinnere ich mich kaum, war es wirklich er, der das sagte?

«Rex! Was soviel wie Sieger heißt!»

Ich könnte das Radio einschalten.

Und Licht machen.

Es ist kalt.

Ich mache Feuer an.

Aber er wußte, daß er den Ofen gar nicht erst anschauen wird, schließlich hatte er es im Bett ganz gut, es ist Sonntag, am Sonntag wird nicht gearbeitet, auch die Holzspäne nicht,

auch die Zeitung nicht, gut noch, daß ich Preßwurst gekauft habe, Preßwurst ißt man nur so, ohne aufzuwärmen, aber ich mache mir einen Tee, irgendwo sollte ich noch eine Zitrone haben, was ist eigentlich mit Ackermann? Man erzählte, er sei in Argentinien, aber der alte Ackermann ist im Ersten Weltkrieg gestorben, das hier könnte sein Sohn sein.
Oder sein Enkel?
Was geht mich dieser Ackermann an?
Das Bein tut weh.
Ich muß Salbe nehmen.
Der alte Mann salbte sein Knie ein, und es war eine kleine Narbe von dem Klappmesser mit vier Klingen darauf. Die Salbe kühlte. Auf den Tisch hat er Karten gelegt. Er nahm eine, um zu schauen, was ihn erwartete.

BESUCH
GELD

Geld kann ich brauchen.
Ich mache mir einen Tee.
Es ist kalt. Ich habe auch Bier zwischen den Fenstern.
Plötzlich hatte er Lust auf Bier. Er machte die Flasche auf und bereute, daß er sie *jetzt* aufgemacht hatte und nicht *erst zur Preßwurst,* schon wieder spare ich nicht, aber es ist Sonntag, und Freitag hundert Stück Zeitungen und auch der Samstagnachmittag lohnende Trick, der prächtige Trick mit dem Lappen, keine Kosten, er ging herum und wischte die bespritzten Scheiben der Autos ab, die auf dem Parkplatz am Wenzelsplatz ankamen, bis die Wächter ihn wegjagten, fünfundzwanzig Kronen in einer halben Stunde, vielleicht

mehr, sicher war es besser als Zeitungen zu verkaufen, aber immer und dauernd ging das auch nicht, vielleicht wenn man mit dem Wächter teilte, ich sollte das versuchen, ein Lappen und sagen wir ein Wassereimer, keine Betriebskosten, reiner Gewinn, er zählte zum drittenmal das Geld in der Kasse, sechzig Kronen für das Begräbnis hatte er bereits zurückgezahlt, die Miete, und dazu noch fünf Kronen, mit dem Wächter rede ich mal ein Wort, siebenhundert, und ich sterbe, was soll ich hier, der Winter kommt.

Vater ist gestorben. Bruder ist gestorben. Mutter. Und Frau. Und Rex.

Und noch ein Haufen Hunde, die ich je hatte.

An die erinnerte er sich jedoch kaum noch.

An Rex schon.

Wie er humpelte.

Das Klappmesser hätte ich zurückgeben müssen. Aber mit zehn Jahren liegt einem an nichts.

Nachher auch nicht.

Oder nicht sehr viel.

Die Salbe muß ich schließen. Sonst wird sie trocken.

Ich mache mir ein Kompottglas auf.

Kirschen.

Der klebrige Orangensaft rieselte über sein Kinn auf den Anzug hinunter, und Mutter sagte: «Jetzt hast du es, das kann ich nie auswaschen.» Er war wieder zehn Jahre alt und verspürte Reue wegen des Anzuges von Ackermann und aß die ersten Kirschen, die in jenem Jahr erschienen, zehn Kirschen an einer Stange, die mit Maiglöckchenblättern umwickelt war, sie kosteten fünf Kreuzer, oder nur drei? Für einen Kreuzer gab es Weißschokolade, und im Gartenrestaurant spielte Musik, und eine Lücke im Zaun, durch die er in einen andern Garten kletterte, und noch ein Zaun und noch ein Garten und tausend Verstecke und Eichhörnchen und Vögel darin, er hörte, wie Mutter ihn suchte, und der Gemüsehändler mit dem Schnauzbart, der mit ihr tanzte und sie später heiratete, sie gingen keinen Meter an ihm vorbei und hielten sich an den Händen, der Gemüsehändler stocherte mit dem Stock im Gesträuche wie mit einem Schwert; damals entschloß er sich:

Ich komme nicht zurück.

Nie mehr.

Aber sie fanden ihn.

«Was hast du hier getan? Kannst du nicht reden?»

Er schwieg und riß Kletten von seinem Mäntelchen. Sie waren trocken und zerfielen und winzige borstenartige Dörnchen unter der Fingerhaut ...

Er spürte sie jetzt noch, in kalten, undurchbluteten Fingern mit zusammengezogenen Adern.

Sehr genau.

Und der Geruch des modernden Laubes.

Ich sollte zurückkehren.

Nur unwillig schrie er:

«Komme gleich!»

Er stand langsam auf und zog die Latschen an. An der Tür klingelte es unaufhörlich. Vielleicht der Briefträger. Sonst kam niemand mehr zu ihm. Aber die Miete habe ich bezahlt.

Er erinnerte sich:

Es ist Sonntag.

Die Angst packte ihn.

Er rief:

«Wer ist da?»

2

Vor einer Weile gingen sie die enge, ausgetretene, unendliche Treppe hinunter, ein feuchtes Mietshaus und Kohlengeruch.
Mischa staunte, daß jemand *hier* wohnte, wo er doch den roten Schuppen und die Insel hatte.
«Wohnt er denn im Keller?»
«Psst ...»
Die Zündholzflamme beleuchtete das Namenschild an der Tür

ED ANDRYS

und der Vater klingelte, und eine Weile war es still und dann latschende Schritte und ein Auge im Türgucker, und es schaute sie unentwegt an: «Er schaut», flüsterte der Junge, und das Auge verschwand, das Schloß klickte, die Tür hing an einer Türkette, und hinter der Kette ein Gesicht, ein schmaler Streifen eines Gesichts:
«Was wollen Sie eigentlich?»
«Herr Kafka schickt uns, Herr Andrys ... Wegen des Schuppens ...»
«Kafka?»
Eine bauchige Flasche im Seidenpapier:
«Ist das für mich?»
Der Alte betastete überrascht die Flasche. Er hatte einen Schal um den Hals. Einen verzogenen Pullover, in den zwei Alte hineingingen. Einen braunen Trainingsanzug, voller Federchen.

Er lockerte die Kette:
«Kafka also?» Er bemühte sich, sich zu erinnern. «Alois?» Eine sehr, sehr alte Erinnerung. Schützengraben. «Der mit mir beim Militär war? Der Eisenbahner?»
«Der nicht.»
«Welcher denn?»
Der Hochstapler, dachte Vater. Ein Fünfzigerschein für diese Adresse, dabei hat er mit dem Alten gar nicht gesprochen.
«Ein Karl Kafka.»
«Kenne ich nicht.»
«Er kennt Sie, sagte er. Er gab uns Ihre Adresse. Er sagte, daß Sie den Schuppen verkaufen, Herr Andrys.»
«Dort habe ich doch mein Auto.»
«Aber wir können es auch so besprechen.»
«Was kommt dabei heraus? Wozu?»
Das Bein begann wieder zu schmerzen. Er wollte die Tür zumachen. Unter dem dünnen Papier spürte er das Strohgeflecht. Eine Korbflasche. Chianti.
Er sagte:
«Ich bin krank. Aber wollen Sie bitte weitergehen.»
Furcht, daß sie die Flasche zurückverlangen. Er ließ sie beide herein. Ohne hinzusehen, rasselte er mit der Kette und hängte sie ein. Plötzlich war es in der winzigen Diele finster, und der Junge berührte Vaters Hand. Er spürte, wie etwas aus dem Keller näherkam. Saurer Schweißgeruch. Dann Finger, die über seine Wange huschten, bevor sie den Lichtknopf auf der Wand fanden. In der Höhe flammte eine blasse Glühbirne auf.
«Ihr verehrter Name?»
«Doktor Horatschek», sagte Vater, und der Junge sagte:

«Ich will hier fort», und Vater sagte: «Jetzt wart mal und zieh die Schuhe aus, damit wir keinen Dreck hineintragen.» Überall Koffer. In der Ecke stand auf einer mit Kreppapier bezogenen Kiste ein Neger mit einer Fackel. Darunter Kartons. Alte Zeitungen, verschnürt. Kohleneimer. Der Alte schob einen Eimer hinter den Vorhang. Scheinbar hatte er seit hundert Jahren keinen Besuch mehr. Er erinnerte sich an sein Knie:

«Medicinae doctor?»

«Iuris utriusque.»

Das enttäuschte den Alten.

«Rechtsanwälte kann ich nicht leiden. Polente auch nicht.» Er schob einen Korb zur Seite, um den Eingang freizumachen. Auf dem Tisch waren immer noch Karten gelegt. So war die Reihenfolge:

BESUCH
GELD
KIND
TOD

Er schaute zurück.

Der Junge stand fasziniert vor der Negerstatuette.

Er sagte:

«Er ist gesprungen ...»

BESUCH. KIND. Der Alte raffte langsam die Karten zusammen. Der Kartenbesuch trug einen Zylinderhut. Einen Blumenstrauß. Im Hintergrund stand eine schwarze Kutsche. Die Negerstatuette hinauf lief ein haardünner Riß. Am Hals mit goldenem Halsband wurde er breiter. Andrys kam in die Diele zurück und sah den Riß deutlicher.

«Weißt du, was der Neger macht?»
«Was kann er schon machen?»
«Er rollt mit den Augen.»
«Wie denn wohl?»
«Wenn er leuchtet, rollt er mit den Augen.»
«Das möchte ich gern sehen.» Mischa strich mit dem Finger über den Riß. Bis zu dem Ohrring. «Schalten Sie den manchmal ein?»
«Manchmal schon. Aber nie für lange Zeit.»
«Warum?»
«Er ist schon alt. Und er knarrt.»
Der Alte steckte den Stecker in die Steckdose, und der Neger rollte mit den knarrenden Augen und leuchtete in die Finsternis.
«Du kannst ihn dir anschauen.»
«Danke.»
Aber den Jungen quälte noch etwas. Er fragte:
«Was bedeutet ED?»
«Ed?»
«Ed Andrys.»
«Eduard. Weil ich Eduard bin. Ed ist eine Verkürzung. Man muß nicht Eduard ausschreiben.»
Ich hätte sie wegschicken müssen.

3

Er bemühte sich, sein aufgemachtes Bett zu decken, aus dem er offensichtlich eben ausgekrochen war. So wie er war. Im Trainingsanzug und im Pullover. Vor dem Fenster gingen Beine hin und her. Der Alte wühlte in den Töpfen und Flaschen auf dem Fenster. Er fand eine schmuddelige Tüte.
«Willst du einen Husaren?» sagte er zu dem Jungen, nachdem er aus der Tüte einen Lebkuchen ausgeschüttet hatte.
«Was könnte ich Ihnen ...»
Der Lebkuchen war steinhart. Von irgendwo fischte Andrys Weingläser hervor. Er wickelte die Flasche aus.
Vater betrachtete den Jungen, der den klebrigen Husaren ratlos in der Hand hielt.
Er sagte:
«Das Wrack schleppe ich selbstverständlich ab.»
Und noch zu dem Jungen:
«Bedanke dich ...»
«Danke», sagte der Junge.
Und erschrak, als der Alte hustend auflachte:
«Sagen Sie Wrack? Vor der technischen Kontrolle war das noch ein Auto, mein Herr. Wachsleinwandbezüge. Blumenvasen. Protektor-Reifen.»
Er räumte Teetassen und Arzneiflaschen vom Tisch weg. Ichthyol-Salbe.
Das Zimmer war finster. Hinauf liefen Ofenrohre vom Ofen und vom Sparherd in der Ecke.
«Praga Grand! Vor dem Krieg war er ein Mietshaus wert. Ein Minister-Auto. Ich kaufte es erst nach dem Krieg, auf Holzgas umgebaut. Fürs Fuhrwesen. Nur war es nach dem

Krieg sogar noch mit dem Fuhrwesen aus. Handarbeit. Doppelter Chrom. Heute macht man solche Autos nicht mehr.»
Er wühlte in den Schubladen. Endlich fand er einen Korkenzieher.
«Chianti!»
Er beschnupperte die Flasche beinahe fromm.
«Wozu brauchen Sie den Schuppen?»
«Als Garage.»
«Haben Sie ein Auto?»
«Einen MB 1000.»
«Ein MB 1000 ist für einen Praga Grand zu schwach», sagte der Alte. Er öffnete die Flasche. «Chianti Rufino. Im Jahre achtundvierzig drei Hunderterscheine. Bei Delikatessen-Lippert. Einige Bretter stammen auch aus jener Zeit. Ebenholz. Ich muß es mir überlegen. Ebenholz aus den Ladenregalen. Wissen Sie, was das heute kosten würde?» Er hustete wieder. Er schenkt die drei Gläser ein. Für Mischa auch. «Die Bahn verlangt für das Abschleppen eines Praga Grand hundert Kronen.»
«Tausend Kronen», sagte der Vater.
«Wofür?»
«Vorschuß.»
Langsam legte er zehn Scheine auf dem Tisch breit. In der Tasche waren weitere tausend Kronen, aber zehn Hundertscheine schienen ihm schon genug. Er bemühte sich, nicht um sich zu schauen. Er wollte die gerissenen, mit aus alten Zeitschriften ausgeschnittenen Bildern beklebten Wände nicht sehen.
Er legte die Hand auf zehn grüne Scheine:
«So spricht man besser.»

«Auch kleine Eichholzbalken. Und auch Palisanderholz. Aus einem Schrank. Unter der Treppe», sagte der Alte. «Ich muß es mir überlegen.» Er betrachtete die zehn Scheine, und sie verwandelten sich in Kränze mit Bändern. BESUCH KIND GELD TOD. Er brauchte nur zu sagen: Jawohl. Er wußte noch nicht, ob er das wollte, jetzt, wo es wirklich war, die Kasse unter dem Bett war nur ein Spiel mit dem Begräbnis, mit der Zeit, die knapp war: «Sagen Sie, daß Sie den Praga Grand abschleppen?»

Unbestimmte Zeit. Chiantiduft und das Stroh, das die zerbrechliche Flasche umwickelte.

«Auf den Schuppen denn», sagte der Vater.

«Was soll mit ihm sein?»

«Ich kaufe ihn.»

«Müssen Sie ständig über Geschäfte reden?» Andrys verwandelte sich allmählich. Er wurde rosig. Auf einmal fürchtete er, daß sie weggingen und er wieder allein blieb. «Warum denn nicht über den Wein? Italienischer Chianti! Obwohl *drüben* jeder Wein ... Valpolicella ... Einmal zu Weihnachten trank ich Lacrimae Christi ...»

Er schnalzte genießerisch mit der Zunge.

«Ein prächtiges Land. Orangen und Zitronen im Laub. Sonne und blauer Himmel. Und Weiber. Und Diebe. In Triest stahl man mir die Uhr, bevor ich mich umschauen konnte.»

«Waren Sie oft in Italien?»

«Noch vor dem Ersten Weltkrieg. Ein prächtig kriminelles Land.» Er trank wieder. «Ich sehe es nicht mehr, aber du», sagte er zu Mischa. «Wenn du dort ankommst, dann verkrieche dich für beide ersten Tage in der ersten Trattoria, dann verstehst du die Italiener, und zwanzig Flaschen auf ihr Wohl, und eine Flasche für mich, und erst dann Weiber und Orangen ...»

Der Junge fing Vaters Blick ein. Er signalisierte, daß er trinken durfte, aber nur ein bißchen.

«Mach ich», sagte er.

«In der ersten Trattoria ...»

«Eine Flasche ...»

Er war froh, daß der Alte mit ihm wie mit einem Erwachsenen redete. Der Wein schmeckte ihm nicht, aber er sagte:

«Das mit dem Zwerg, das kennen Sie? Wie er im hundertsten Stockwerk eines Hochhauses wohnt und mit dem Lift immer nur in das fünfzigste Stockwerk fährt und weiter dann zu Fuß läuft?»

«Nein. Warum sollte er zu Fuß gehen?»

«Weil er die höheren Knöpfe nicht erreichen kann ... Wo er doch ein Zwerg ist ...»

Er führte das vor und lachte. Durch sein Glas sah er das Bild auf der Wand. Zwei Katzen mit Schleifen. Wenn sich der Wein im Glas bewegte, bewegten sich auch die Katzen. Es waren rote Katzen.

Chianti-Katzen.

Er sagte gewichtig (halb zu den Katzen, halb zu dem Alten):

«Es gibt dort auch Hasen. Sie haben dort ein Nest.»

«Wo?»

«In den Kletten hinter dem Schuppen.»

«Das wußte ich nicht.»

«Wenn Sie wollen, zeige ich sie Ihnen. Sie wohnen hinter dem Regenwasserfaß.»

«Da am Birnbaum.»

«Da.»

«Zweitausend», sagte Vater.

4

«Auch noch zwei Apfelbäume. Ein erstklassiger Schuppen. An der Hecke hab ich Haselnüsse gepflanzt.»
Der Alte war mit einem weiteren Glas fertig.
Er entdeckte den Jungen wieder.
«Was kann ich dir noch ...» Er suchte in der Wohnung und brachte dann eine eckige leere Flasche mit Glasstöpsel. Er sagte feierlich:
«Hier. Du kannst Schmetterlinge hineintun.»
Es schaute nach Abgang. Vater stand auf.
«Verkaufen Sie?»
«Was?»
«Die Scheune. Wir reden schon die ganze Zeit darüber.»
«Ich hab dort das Auto.»
Vater seufzte. Er hatte keine Lust, nochmals anzufangen. Was wollte er mit dem Auto? Bretter von Delikatessen-Lippert.
Ein riesiger Schuppen.
Abreißen und aufbauen.
Angewidert sagte er:
«Einmal fällt er zusammen auf Ihren Praga Grand samt den Brettern von Delikatessen-Lippert. Und die kleinen Eichholzbalken auch. Wenn Sie nicht ein neues Dach drauflegen, fällt er im Winter auseinander. Dann haben Sie nichts. Weder Geld noch Schuppen. Wie Sie wollen. Ich brauche den Schuppen. Ich repariere ihn. Sagen Sie selbst, was Sie dafür haben wollen.»
«Ich?»
«Sagen wir zweitausend zweihundert?»

Der Alte zuckte die Schulter. Er fand es komisch, daß jemand mehr bezahlen wollte, als der Schuppen je gekostet hatte. Mehr, als er selbst jetzt brauchte. «Wenn es nur an mir läge», wich er aus. «Denken Sie nur nicht, daß Sie der erste sind, der ihn haben will. Eben war einer vom Schlachthof hier, mit einem Felizia, aber solange ich den Praga Grand nicht abmelden mußte ...» Er bemühte sich zu erinnern, wie der vom Schlachthof aussah, es waren zwei Jahre her, damals brachte er Leber und Milz, aber heute würde er ihn nicht mehr erkennen, es waren zwei Jahre her, was damals war, als ob es nie gewesen wäre, nur noch die Kirschen an der Stange mit Maiglöckchenblättern vor vielen Jahren und der Gemüsehändler mit dem Schnurrbart, der mit dem Stock wie mit einem Schwert im Gesträuch herumstocherte, und Mutter damals:

Was machst du hier?

Kannst du nicht sprechen?

Vielleicht sollte ich das Geld nehmen. Solange er gibt. Ich muß ja nicht gleich sterben. Es genügt ...

Aber er hörte sich sagen:

«Jetzt stehe ich mit einem Gemüsehändler aus Balabenka im Gespräch. Ich müßte ihm absagen.»

Er schenkte den Rest des Weines ein.

Sich.

Dem Jungen.

«Komm mal den Neger besuchen. Bis Morgen überschlafen wir es, und dann können wir vielleicht darauf einschlagen. Wie die Rechtsanwälte zu sagen pflegen: Klare Verträge, gute Freunde ...»

5

Montag kaufte Vater weißen Wermuth Torino. Dienstag Sankt-Wenzeslaus-Rotwein, und der Neger rollte mit den Augen, und die Mutter sagte, als sie zurückkamen:
«Schon wieder?»
«Was wieder?»
«Ihr beide! Du und Mischa!»
«Was ist mit ihm?»
«Er ist besoffen. Er hat eine Fahne.» Sie seufzte und beschlagnahmte dem Jungen ein drittes Schmetterlingglas mit eingeschliffenem Stöpsel.
«Er trank nur ein Glas.»
«Gestern auch. Und er verlor seine Mütze. Euch beide kann man nicht aus den Augen lassen.»
Sie seufzte nochmals.
«Hast du wenigstens den Schuppen?»
«Nein.»
«Warum?»
«Der Alte schwitzt.»
«Von Wein?»
«Von der Grippe», sagte Vater unglücklich. «Ich kann nichts dafür, daß er aus dem Bett nicht herauskommt. Jetzt schwitzt er, und dann kommt er bei dem Gemüsehändler vorbei und sagt ihm ab und ...»
«Ich sag dir, wann das sein wird!» Mutter lachte. «Ihr beide! Solltest damals du mit Mischa Alaska kaufen, hätten es die Russen heute noch. Du wärst berühmt. Ihr beide wärt Museumsexeponate ...»
Sie kramte im Kleiderschrank. Sie zog ihr Silberkleid heraus.

Sie ordnete ihr Haar vor dem Spiegel. Sie strich mit dem silbernen Lippenstift über den Mund.
«Das Nachtessen ist im Kühlschrank.»
Vater betrachtete sie betrübt.
«Gehst du wieder fahren?»
Sie sagte weder ja noch nein. Sie nahm aus dem Geschirrschrank eine Flasche armenischen Kognak. In die Handtasche steckte sie zwei Zitronen. Sie kam zu dem Jungen:
«Mischa ...»
Sie strich seine Haare glatt.
«Nimm deinen Mantel ...»
Mischa begriff, daß Mutter entschlossen war, noch heute den Schuppen zu kaufen. Er wußte, daß sie das konnte. Und er hatte Angst, daß alles vorbei war.
«Es ist weit.»
«Wie weit?»
«Schrecklich weit. Und vielleicht ist er nicht zu Hause.»
«Mit einer Grippe läuft man nicht herum.»
«Der schon.»
Dann war auch wieder die schäbige Treppe da.
Sie sagte: «Wohnt er denn im Keller?»

6

Die Dinge waren verwandelt. Der Neger in der Diele ähnlich einer Scherbe. Vom Wein schmutzige Tassen waren plötzlich *widerlich schmutzig,* als die Mutter sie mit ihren sauberen Handschuhen berührte.

«Spül *das* ab», befahl sie Mischa. «Und lüften! Und Wasser aufstellen!»
Sie selbst klopfte das Thermometer herunter.
Silbern.
Aseptisch.
«Zeigen Sie mal, Opa!»
Tausende Opas vor Andrys, im Ärztezentrum und im Krankenhaus, Sie brauchen sich nicht zu schämen, ich habe schon unzählige solche wie Sie gesehen, mit gewohnten Bewegungen knöpfte sie das schmuddelige Pyjama auf: Arme senken! Und daß Sie mir das Thermometer nicht brechen!
«Es kitzelt ...»
«Da kann es nicht kitzeln ... Kann höchstens kalt sein ...»
Sie rief Mischa zu: «Die Tassen!»
Der Junge stellte die Tassen auf den Tisch und versteckte sich bei dem Neger in der Diele, weil alles vorbei war. Der Alte mit Mutters Thermometer unter dem Arm war ein gezähmter Alter, der sich nie mehr in den Dienstagsalten verwandeln konnte, der den knarrenden Neger eingeschaltet und erklärt hatte:
«Den hab ich errungen. Als Vorstadt-Grizzly.»
«Waren Sie der Vorstadt-Grizzly?»
«Jawohl.»
«Ich erinnere mich an Sie.» Vaters Augen leuchteten mehr als die des Negers. «Ich ging ja immer in die Arena in der Lupatsch-Straße. Grizzly, der Sieger über Panther.»
«Den Panther hat der Hlavatschek gemacht», sagte der Alte. «Für zwei Scheinchen pro Abend. Ringen bedeutet im Grunde nur zwölf Griffe. Der erste Griff aus der Grundstellung ist am schwierigsten, weil es bloß Betasten ist und PENG –»

PRODUITS SPÉCIA
5, PASSAGE VERDEAU
BOURG MONTMARTRE PA
PILULES
APOLLO
RATIE Pharmacien de 1ère
SEUL PRÉPARATEUR

«Wie denn: PENG?»
Die Griffe interessierten Mischa.
Der Alte räumte die Koffer beiseite.
«Stell dich hier auf. Du mußt mit den Beinen richtig stemmen, als hättest du Nägel in den Fußsohlen ...»
Mischa stemmte mit den Beinen, als hätte er Nägel in den Fußsohlen, und der Alte zeigte ihm den Grundgriff und legte sich hin, weil er sich dabei übernommen hatte.
«Hlavatschek brachte sich selbst um. Er soff zuviel.»
«Aber damals war er in Form.»
«Damals schon. Aber auch wieder nicht so groß. Ich hielt mich gut. Mit dreißig Jahren müssen Sie sich ja halten. Der einzige anständige Ringer war der bärtige Grobian. Leider mußte er immer verlieren, weil er vom Boxen eine zerquetschte Nase hatte. Die Zuschauer mochten ihn nicht. Hätte er gesiegt, hätte man ihn umgebracht.»
«Das war der, der biß?»
«Jawohl.»
«Und Ihnen hat er einmal die Turnhose heruntergezogen.»
«Das mußte er, wo er doch Grobian war.»
«Das ahnte ich nicht, daß das ein Schwindel war.»
«Was ist schon kein Schwindel?»
Es wurde dunkel, am Dienstagsfenster gingen Beine vorbei. Mischa nippte am Wein und übte den Griff PENG. Nach dem Sankt-Wenzeslaus-Wein brachte Vater Feuerwein aus Algerien, und der Alte sagte:
«Ich siegte, weil ich klein war. Ein Kleiner muß im Ring immer siegen, dann freuen sich die Leute. Im Leben ist das ja meistens umgekehrt.»
«In der Geschichte auch», sagte Vater.
«Und unsere Hussiten?» fragte der Junge.

Andrys sagte nachdenklich:
«Die kannten eben Griffe. Mit den Kopftüchern, die man auf den Sumpf legte, so daß die Schwerbewaffneten dort steckenblieben und versanken, das war auch nicht so ganz *fair.*»
Draußen flammten die Straßenlichter auf.
Die Straße war neblig.
«Den Schuppen haben wir vollkommen vergessen. Und den Gemüsehändler», sagte Vater zu Mischa. Sie gingen auf Umwegen nach Hause. Über die Lupatsch-Straße. «Hier war das. Im Jahre dreiunddreißig.»
Anstatt Arena hat jemand im Abhang Garagen ausgehöhlt und auch Luftschutzkeller.

7

Alles war vorbei.
Der Neger knarrte. Hinter der geschlossenen Tür klirrte das Geschirr.
Mutter sagte:
«Es fehlt Ihnen nichts, Opa ... Siebenunddreißig, nicht ganz ... Strecken Sie die Zunge heraus ...»
Grizzly gehorchte.
Er sagte:
«Aaa ...»
Das Zimmer duftete nach Grog und Zitronenschalen. Die Kognakflasche war bereits fast leer.
«Noch einmal ...»
«Aaaa – aa ...»

«Es fehlt Ihnen nichts ... Vollkommen sauber ...»
Der Alte versteckte die Zunge.
Er nahm einen Schluck.
«Das macht der Grog ... Und daß Sie hier sind ... Wie ein Engel ...»
«Ich bin kein Engel ...»
Es gefiel ihm, wie sie lachte. Sie wurde ein bißchen rot. Nach dem Grog. Er wickelte das Handtuch vom Hals ab:
«Sagen Sie siebenunddreißig ...» Er kroch ungeschickt aus dem Bett. «Verdammt ... Mit Ihnen ist es schön, krank zu sein ... Armenischer Kognak ... Verderben Sie ihn nicht mehr mit dem Wasser ... Matrosen kochen Grog aus reinem Spiritus ... Und geben Paprika dazu ...»
«Und Pfeffer.»
«Nelken ...»
«Und Rasierklingen», sagte Mutter. «Kleingehackte Rasiermesser. Ein Schluck genügt, und Sie sind hinüber. Machen Sie lieber Feuer.»
Aber sie gehorchte. Sie goß den Kognak nicht mehr in kochendes Wasser. Sie trank auch pur.
Erst dann bemerkten sie Mischa.
«Was kann ich dir nur ...»
Der Alte wühlte in den Schubladen. Unter den Klamotten fand er einen Federhalter aus Elfenbein. Er sagte:
«Schau her! Ein Schiff!»

8

Das Schiff war weiß und fuhr auf blaugemalten Wellen, und der Himmel war auch blau, und über dem Schiff eine weiße Möwe, und das alles steckte in dem winzigen Federhalterglas verborgen, es genügte, gegen die Neonlichter in das Glas zu schauen, und das Schiff fuhr auf den Wellen, und die Inschrift DUBROVNIK, und die Musik aus der Musicbox, und der Geruch abgetrockneter Salami und Käse auf den letzten, fast schon gestrigen belegten Brötchen, in einer halben Stunde machen wir zu, sagte der Imbißleiter an der Ecke, noch einmal Kognak? Noch einmal, sagte Andrys, ich weiß nicht mehr, wann ich letztesmal hier war, an meinem Geburtstag war das wohl, jetzt zahle ich, sie laufen mir doch jetzt nicht weg, sie trank bereits den zweiten Kognak am Tischchen unter der Säule in der Ecke, und Mutter sagte vielleicht zum drittenmal: Ich sollte schon gehen, aber sie hatte keine Lust, manchmal trinke ich ein ganzes Jahr lang nichts, aber jetzt fühle ich mich wohl. Die Schallplatte verstummte.

Mischa ließ den Federhalter sinken, und mit einem Male gab es kein Schiff mehr, nur zerfließende Eiscreme auf dem Tellerchen, sie schmeckte wie gefrorenes Zuckerwasser, wenn er mit dem Löffelchen rührte, vermischte sich gelbes Wasser mit rosafarbenem Wasser, Farbfächer auf dem dicken Preßglas mit Röschenmuster, ich spiel mir wohl für eine Krone noch eine Platte:

«Hast du vielleicht eine Krone, Mutter?»

Andrys kam ihr zuvor. Seine Taschen waren voll von Kleingeld. Fünfer, Zehner, Kronen.

«Er ist Ihnen ähnlich», sagte er, als der Junge die Münze eingeworfen hatte. Kleine Glühbirnen flammten auf. Stahlgreifer schoben eine Platte aus. «Nicht ihm. Nicht dem Rechtsanwalt ...»

«Haben Sie Kinder?»

«Drei. Ich hatte», sagte Grizzly und hob drei Finger, und es war kein Grizzly mehr, sondern ein verkommener alter Mann im verzogenen Pullover über dem Pyjama. «Sie kommen immer zu Weihnachten ... Ich muß dann jedesmal Blei aufstöbern ... Wir gießen Blei ... Was uns erwartet ...»

GRIFF NUMMER DREI IST DER REIFEN

Nach dem Schuppen fragte sie ihn gar nicht erst, dachte der Junge schadenfroh.

Alles Quatsch.

Das mit den Kindern.

Das mit dem Blei.

Er lehnte mit dem Rücken an der Musicbox. Die Lautsprecher dröhnten. Wenn er Gitarre hörte, kribbelte es unter seinem Schulterblatt.

Eben nur der Federhalter.

Mit Absicht sagte er: «Gehen wir jetzt?»

Aber sie hörten nicht zu. In der Höhe fuhr ein blödes weißes Schiff. Die Musicbox spielte JOHNNY. Der Junge gähnte. Der Arm klickte. Die Maschine schob JOHNNY weg und legte UNENDLICHKEIT DER STERNE auf. In die Imbißstube kam ein Monteur mit Werkzeugtasche. Unter dem Arm einen großen Papierdrachen geklemmt. Das Wunder dauerte nur kurz. Bis der Mann mit dem Drachen seine Zigaretten hatte.

«Ich mach dir auch einen solchen Drachen», sagte Andrys, der seine gierigen Augen sah. «Einen noch größeren ...»
«Und acht kleine ...»
«Glaubst du nicht?»
«Nein.»
Mischa hatte mit den Erwachsenen seine Erfahrungen. Das prächtige Kribbeln der UNENDLICHKEIT DER STERNE im Rücken. Er hörte, wie die Mutter sagte: «Versprechen Sie ihm lieber nichts, sonst glaubt er das noch. Vater hat ihm bereits zwei Drachen gekauft, aber die flogen nicht ...»
«Weil sie eine blöde Schnur hatten ...»
«Auf die Schnur kommt es auch an», sagte Andrys, «aber mehr noch auf das Ausbalancieren. Am schwierigsten ist es bei den Kasten-Drachen. Wenn du kommst, mache ich für dich einen Drachen, der fliegt.»
In dem Augenblick kam es ihm vor, als hätte er sein ganzes Leben nichts als Drachen gemacht. Sicher nichts Besseres oder Wichtigeres. «Eigentlich habe ich bloß ein paar Drachen gemacht, geheiratet und Schluß», sagte er zu der Mutter und hielt sie dabei an der Hand, damit sie nicht wegging. «Ein ganz kleines Schicksal. Ein zickzackiger Lebensstrich und ein tiefer Liebesstrich, das ist alles.»
Sie lachte.
UNENDLICHKEIT DER STERNE in der hohlen Hand.
«Der Schuppen ist in Ihrer Hand auch verzeichnet, Opa? Oder verkaufen Sie ihn dem Gemüsehändler?»

9

Vor dem Einschlafen grübelt Mischa über die Drachen und über den Alten, und der Alte zerfließt wie zweifarbige Eiscreme, eine Farbe für den Vater, eine Farbe für die Mutter und Griffe und Drachen für ihn, wenn sich die Farben vermischen.
Unerwartet packt ihn die Wut.
«Er stank sowieso.»
Er überlegt, *wie* er stank.
Er beschließt:
«Wie ein verschwitzter Hund. Wenn er im Regen naß wird.»
Wie er sie an der Hand hielt.
«Mit dem Gemüsehändler ist es aus ... Wenn ich ihn treffe, sag ich ihm ab ... Ich bin krank, hätte er wenigstens ein paar Zitronen ...»
Er sagte sich:
Ich gehe nie mehr hin. NIE UND NIMMER!
Dem MB 1000 war es egal. Er stand am Gehsteig unter den Fenstern. Um Mitternacht kam der Regen. Kleine Wasserblasen zersplitterten auf der mausgrauen Motorhaube und auf dem Dach. Durch die Spalten regnete es in den Kofferraum hinein. Wasser sickerte durch die Dichtung des Heckfensters in die Kunstledersitze.

Der Wert der Dinge

1

Kognak gestern und Sauergurken und Sauerkraut am Morgen, Andrys kam noch an der Apotheke vorbei und holte Kopfschmerztabletten, man verkaufte ihm Neuralgen für zwei Kronen zwanzig, schon wieder gebe ich Geld aus, fast entschuldigte er sich bei der Kasse unter dem Bett, als er ihr obendrein noch Geld für Papier und Holzstäbe entnahm, bald verjuble ich *alles*, den letzten Kranz und die Musik, es wird auch zur zweiten Klasse nicht mehr reichen, wenn du leichtfertig versprichst, verdienst du es auch nicht besser, er kaufte Papier und Holzstäbe und Klebstoff und Schnur, in der Selbstbedienung weiß man nicht mehr, was man dafür verlangen soll, alles wurde teuer, miese krumme Holzstäbe drei Kronen, das Papier klebte an den Fingern, er zerknitterte es und glättete es wieder und schrieb in Blockschrift darauf BIN AN DER ECKE BEI OHRADA und klebte das alles auf die Türklinke, sie kommen sowieso nicht, nach dem Gestern und nach dem Kognak, der Rechtsanwalt läßt sie nicht kommen, wo sie ihm den Schuppen nicht zwischen den Zähnen nach Hause gebracht haben, dem geht es nur um den Schuppen, ihr nicht, dem Jungen auch nicht, ich könnte schon, aber die Karten damals. Besuch, Kind, Geld, Tod, zuerst mach ich den Drachen, und wir lassen ihn fliegen, und wir sehen weiter, ihr würde ich den Schuppen schon verkaufen, aber erst einmal später, plötzlich wollte er leben, bis der Drachen fertig ist, und bis BUNDESWEHR UND ATOMARE U-BOOTE IM MITTELMEER und 6. US NAVY-FLOTTE, er behauchte seine Finger und schmiß die U-Boote zum dreißigstenmal vor die vorbeifahrende Straßenbahn und noch die SECHZEHNJÄHRIGE STÜRZT IN DIE U-BAHN-GRUBE, achtmal fünfzig Heller für die Sechzehnjährige, am Abend Fleischkäse und TSCHECHOSLOWAKEI IN UNO. Du bist aber brav, daß du kommst, sagte er dem Jungen mit dem Einkaufsnetz voller Zitronen. «Heißer Tee mit Zitronen, mein Gott. Mutter kommt nicht?»

Er konnte kaum noch reden. Er war heiser. Trotzdem mußte man ihm allerlei nicht zweimal erklären.

«Ich habe auch Kopfschmerzen. Du hast eine fabelhafte Mutter ...»

Er rief:

«Ermordete eigene Mutter und flüchtete!»

Er gab das Kleingeld aus. Volle Taschen Zehner. «Wir gehen gleich. Nur noch den Rest verkaufen.» Er steckte dem Jungen eine Handvoll PRAG AM ABEND zu. Er selbst brüllte:

«Hier, hier, hier! Verbrechen im Krematorium! Prager Unterwelt! Sieben Minister nehmen Abschied! Prügeleien in Bolivien!»

Straßenbahn Nummer 21 fuhr in die Haltestelle ein. Der Alte und der Junge verschwanden im Rudel der Kunden.

«Hier, hier, hier!»

Dann hörte man Mischas halberstickte, schüchterne Stimme:

«Verbrechen im Krematorium!»

Und das Gebrüll des Alten:

«Sechzehnjähriges Opfer der U-Bahn!»

Obwohl er jetzt bereits vollkommen heiser war.
Er riß den Jungen mit. Mischa ließ sich erneut hören, viel mutiger, lauter und lauter: «ErmordeteeigeneMutterund flüchteteimMittelmeerU-BooteMinisternehmenAbschied ...»
Er wünschte sich, daß ihn jetzt Eva Kratzner sah. Oder die Lehrerin. Die Mutter nicht.

2

Ein Haufen Zehner. Der Tisch war voll. Überall Zehner. Fünfziger. Kronen. Mischa zählte begeistert das eingenommene Geld. Er stapelte es in kleine Säulchen.
«Später hab ich aber ganz schön geschrien ...»
«Später schon.»
Der Alte klirrte mit kleinen Arzneiflaschen. Er goß etwas in den Teelöffel und schluckte das. Er spritzte sich etwas in den Hals.
«Das wichtigste ist, daß du schreist. Damit man kauft. Früher war es Bedroht vom Krieg. Heute reicht auch das nicht mehr.» Unzufrieden betrachtete er das mit Papier beklebte Drachengestell. «Du mußt warten. Ich weiß das alles nicht mehr genau. Das Gestell schon, aber das Ausbalancieren ...»
Auch so war das Gestell ganz schön verbogen.
Der Junge sagte:
«Und wenn ich meinen alten kaputten mitbringe ... Wir könnten es uns angucken ...»
Etwas beunruhigte ihn:

«Der flog aber nicht ...»

«Es wird mir schon wieder einfallen», sagte Andrys. «Wenn du regelmäßig kommst, können wir etwa hundert Zeitungen dazunehmen. *Du könntest bei mir eine Lehre machen.* Wenn du, sagen wir zwei Heller für eine verkaufte bekommst ...»

Er rechnete nach. Er schrieb große Zahlen auf Packpapier. Furchtbar kompliziert. Multiplikationen. Subtraktionen.

«Für mich vier.»

Dazwischen sagte er:

«Das war wegen des Gemüsehändlers? Daß man dich mit den Zitronen hierhergeschickt hat?»

«Jawohl.»

«Aber allein?»

«Vater hat Regenwasser im Kofferraum. Und auf den Sitzen auch. Wie es in der Nacht regnete. Er mußte zum Service.»

«Ja, dann ...»

Andrys betrachtete gestapelte Zehner und Kronen.

«Wieviel haben wir da jetzt?»

«Zweihundert.» Mischa trennte sie ab. «Und siebenundzwanzig sechzig ...»

Erneut knirschte der Bleistift. Der Alte unterstrich die Summe. Er trennte zwanzig Zehner von dem kleineren Häufchen. «Für dich ... Das hier für die Zeitungen ...» Er überprüfte den Betrag mit dem Geschriebenen. Er schüttete das Geld für die Zeitungen in die Ledertasche. «Und den Rest für die Kasse, damit sie nicht heult.»

Er zog mühsam die Kasse hervor. Sie lag unter der Bettmatratze. Den Schlüssel trug er an einer Schnur um den Hals. Er schloß auf. *So,* daß Mischa *hinein* schauen konnte.

«Sag dem Vater, daß ich genug Geld habe ...»

Er wühlte in den Hunderterscheinen.

10
10

«Sparen Sie auch für ein Auto?» sagte der Junge neugierig. Er spielte mit seinen Zehnern. Hunderterscheine interessierten ihn weniger. «Damit Sie ein neues haben, wenn man den Praga Grand kaputtmacht?»
«Ich werde kein Auto mehr brauchen», sagte der Alte. Er schloß die Kasse wieder ab. Den Schlüssel um den Hals. «Das hier ist für *andere Dinge.*»
«Was für andere?»
«Für die *letzten Dinge*», sagte Andrys feierlich. «Wenn ich zwölf Hunderterscheine da drinnen habe, dann Schluß und ab. Ich sterbe.»
Mischa beeindruckte es nicht besonders.
«Die hätten Sie schon haben können. Für den Schuppen.» Einen Augenblick war er dem Rechtsanwalt ähnlich. Sachlich. Präzis. «Die lagen bereits hier.»
«Das schon ...»
Es stimmte.
Andrys hustete. Er stopfte die Kasse unter die Bettmatratze.
«Wir müssen auch noch den Drachen machen ...»
Lieber holte er Holzstäbe.
Klebstoff.

3

In drei Tagen drei krumme Drachengestelle. Die Holzstäbe brachen. Scheinbar hatte der Alte nie vorher einen Drachen gemacht. Eine halbe Stunde quälte er sich mit der Schnur, dann gab er es auf.

«Es ist dunkel», er verschob die Stühle unter das Fenster. «Das hier ist besser als Drachen.»

«Was?»

«Beine zu beobachten. Hundertmal besser als Fernsehen.»

«Was haben Sie davon?»

«Du wirst selber sehen.»

Nur Beine.

Schuhe.

Dann sagte der Alte:

«Nimm etwa diese mit den rostbraunen Stiefeln. Die holt immer ihren Bengel im Kindergarten ab. Jetzt knallt sie ihm eine.»

Mischa starrte. Rostbraune Stiefel und kleine Segeltuchschuhe huschten zwar nur so am Fenster vorbei, aber der Kleine heulte tatsächlich auf und weinte laut.

«Würden Sie mich auch erkennen?»

«Dich auch.»

«Wieso?»

«Weil du trampelst. Wenn du mehrmals vorbeigehst, erkenne ich dich.»

«Auch die Mutter?»

«Auch die. Sag ihr, daß ich geputzt habe.»

«Sag ich ihr.»

«Und geheizt. Sie soll ja nicht meinen.»

«Sie meint ja nie was. Sind Sie hier immer allein?»

«Jetzt schon. Voriges Jahr hatte ich noch einen Hund. Schau mal hin! Diese beiden sind verliebt. Das mag ich am liebsten.»

Der Junge wich erstaunt zurück vom Fenster, wo ein Paar Mädchenpumps stehengeblieben war. Und Schnursenkelschuhe eines Jungen. Weil der Alte sagte:

«Das wirst du auch mal machen.»

«Was?»
«Das alles.» Er erinnerte sich: «Der Hund war ein englischer Setter. Er hieß Ronny. Aber er war dann zuletzt blind.»
«Große Setter sind prima.»
«Englische Setter schon.»

4

Sie spülten die Tassen. Der Raum hinter dem Vorhang war voller Gerümpel, der Alte hatte beim Putzen alles dort hineingesteckt. Schuhe und schmutzige Wäsche. Tassen mit trockenem Kaffeesatz und angebrannte Töpfe. Der Ausguß war verstopft. Mischa stocherte mit Draht darin und brachte es in Ordnung.
«Wenn ich nicht auf Sie aufpassen würde ...»
«Ja, was ...»
An den Fingern klebte der fette breiige Ansatz von Kochpfannen. Der Junge wusch die Töpfe angeekelt mit Scotch und großer eckiger Waschseife.
«Sie könnten auch mal zu uns kommen und baden ...»
«Und mich erkälten.»
«Quatsch. Ihnen fehlt ja nichts. Ich kann genauso husten wie Sie.»
«Ich hab eben erst gebadet.»
«Jawohl ...»
Ein bißchen ähnlich dem Vater. Mehr der Mutter. Das zerfetzte Geschirrtuch schmiß er ins Feuer, obwohl Andrys es zu retten versuchte. Er schaute in die Flammen. Das Ge-

schirrtuch glomm. Ähnlich einem glühenden Netz, an dem ausgerissene Fäden eine Zunge bildeten. Inselfeuer.
«Hätte *ich* den Schuppen ...»
«Was dann?»
«Ich würde flüchten. *Darin* wohnen ...»
«Nein.»
«Warum denn nicht?»
Der Alte sagte:
«Ich hab da gewohnt. Im Krieg.» Er war schon alt. Er mußte die Sachen zeitlich bestimmen. Die er erlebte. Vorher und nachher. Er sagte: «Im letzten Jahr des Zweiten Weltkriegs ...»
Die Flammen wurden blau. Der Junge erinnerte sich: DER VIERTE GRIFF HEISST DER SCHÄDEL IN FLAMMEN oder auch WECKER. Vor dem Fenster gingen Beine vorbei. Unverhofft drückte ein Hund seine Schnauze ans Glas. Er betrachtete die beiden in der Tiefe. «Wahrscheinlich schaffe ich mir einen Hund an. Einen Schäferhund. Oder einen Boxer. Lassen Sie sich ja nicht einfallen zu sterben, bevor wir mit den Griffen fertig sind. Wie geht der fünfte Griff?»
«HAHNENBAUM», sagte der Alte. «Oder auch HERZENSGLUT.»
Manchmal sah es aus, daß er sie erfände.
So auch jetzt.
«Weißt du, was ich jetzt gefunden habe?» Er zog die Schublade heraus. Kurz wühlte er im Kram, dann legte er eine rote, verschnürte Schachtel auf den Tisch.
Es war ein nagelneues Mensch-ärgere-dich-nicht.

5

Der MB 1000 stand auf der Straße, und die Jungen versetzten ihm nicht mehr so viele Fußtritte, seitdem Mischa dem Filipi entwischt war und dem Passer, der ihn eingeholt hatte, mit dem Griff HAHNENBAUM den Arm auf den Rücken verdreht hatte. Mutter bestand die Fahrprüfung und kochte wieder zu Abend. Im Weißen Haus in Washington ließ sich der zurücktretende Johnson ein Zusammentreffen mit Kossygin durch den Kopf gehen. Erneut fanden Vom-Krieg-bedroht und Öl und Mehl und gottweißwarum auch Kühlschränke einen guten Absatz. Die Tage wurden kürzer. Es wehte ein kalter Wind. Auf dem Vorstadtviadukt hupten Züge, und Andrys kam aus der Sauna heraus und sagte zu Mischa, der auf ihn wartete, weil er nicht glauben wollte, daß er wirklich baden würde:
«Ein Pfund Dreck. Herrlich.» Er strahlte förmlich. «Weißt du, wen ich da getroffen habe? Ackermann Junior. Ich dachte, er sei in Argentinien und spielte Millionär, aber er ist hier und läßt es sich gut gehen.»
«Wo gehen wir hin?»
«Du wirst schon sehen. Er gab mir einen guten Tip. Wir verdienen daran ...»
«Daran?» Ackermanns Tip war ein ausgebeulter, abgeschabter Vulkanfiberkoffer. Am Griff eine mit Kreide geschriebene Nummer. «Das wollen Sie kaufen?»
Der Versteigerungssaal war zum Platzen voll. Vor den Fenstern fuhren Züge und zischte Dampf. «Opa ...»
«Pst ...»
Vorne schrie eine heisere Stimme:

«Vergessene Regenschirme Richtung Eger sechs Stücke Postennummer zweihundertsiebenundzwanzig Preis dreißig Kronen. Wer bietet dreißig Kronen?»

Der kleine Hammer schlug zu.

«Die Dame in der ersten Reihe dreißig Kronen zum ersten ... Dreißig Kronen zum zweiten ... Dreißig Kronen zum dritten ...»

Mischa begriff immer noch nicht.

«Was macht sie damit?»

«Pst –»

Auf dem Tisch vorne wechselten Taschen. Kanarienkäfig eins. Eine Unendlichkeit der Hüte.

«... mit sechs Regenschirmen?»

«Warte mal ...»

Jetzt lag Andrys auf der Lauer.

«Posten zweihundertachtunddreißig ein Vulkanfiberkoffer: zwei Hemden, ein Handtuch, Rasiergarnitur komplett, ein Pyjama, eine Garnitur Damenwäsche, Ausrufpreis hundert Kronen ... hundert Kronen zum ersten ...»

Der kleine Hammer zeigte auf Andrys.

In der Bahnhofshalle fand die zweite Versteigerung unter den Käufern statt. Der Alte verkaufte den Kofferinhalt für hundertzwanzig Kronen. Den Koffer für zehn Kronen. Dazu bekam er einen von sechs Regenschirmen und von dem Mann, der eine Kiste Spielzeug gekauft hatte, einen Kapselrevolver mit rostigem Lauf. Ohne Kapseln. Den Abzug mußte man zweimal nacheinander drücken.

«Ist das alles?» sagte Mischa, als sie den Bahnhof verließen und beim Museum Würstchen aßen.

«Alles», sagte der Alte und tunkte sein Würstchen im Senf. «Was möchtest du noch mehr?»

«Kapseln.»
«Ich glaubte, daß du welche hast.»
«Gerade ein Schächtelchen, noch dazu feucht. Knallt nicht. Meine Leute sind dagegen.»

6

Sie kamen über den Friedhof zurück. Im Nebel bewegte sich ein Trauerzug vorwärts.
Die Musik spielte «Goldne Sonne, nur noch einmal strahl auf meinen letzten Weg», und Mischa klickte mit dem leeren Revolver, und der Alte sagte: «Also das hier könnten wir schon bezahlen.» Er betrachtete die Ministranten.
Der Sarg war schwarz.
«Ist das die zweite Klasse?»
«Jawohl. Das erkennst du an den Musikern. Drei Kränze. Und mit den Blumen waren sie auch nicht sehr freigebig. Schau dir nur die Chrysanthemen an, da ragen doch Drähte heraus.»
Ein Stückchen gingen sie dem Trauerzug nach.
Einen entfernten Weg herunter.
«Erste Klasse hat einen besseren Sarg. Mit Silber.»
«Hätte ich auch einen mit Silber?»
«Du hättest einen weißen. Das ist auch sehr hübsch.»
Auf einem Kranz drehte der Wind das Band um.

LETZTES LEBEWOHL
FAMILIE TSCHERMAK

Zum ersten Mal wurde dem Jungen bewußt: Jemand ist gestorben. Er *ist* in diesem schwarzen Sarg. Bis dahin sah er Begräbnisse nur im Fernsehen. Gräber kilometerweit.

ARTHUR STEINER
GERTRUDA STEIN

Ein Engel hielt eine Fackel in der Luft. Hunderte von Engeln schwangen Flügel und unter den Gräbern ein Eichhörnchen.

STANISLAV KOSTKA
JEDLITSCHKA LADISLAV
BIS IN DIE EWIGKEIT ...

Er lief immer schneller. Verwischte Inschriften. ANNA SCHIMER. HELENA KLEIN. Er überholte den Trauerzug, und plötzlich ging er ihm und dem Sarg entgegen. Der Träger links sagte:
«Verschwinde, Biest!»
Er verschwand und wich zurück. Riesige Marmorgruften ähnelten Gartenlauben. Oben kleine Dächer. ABRHAM JAN. GABRIELA PLICKA. GOTT, VERGIB IHNEN, FRIEDEN IHREN SEELEN.
Was?
Jetzt hörte man Musik aus zwei Richtungen. Der zweite Trauerzug kam von der Kapelle. Rote Bänder. Marsch der gefallenen Revolutionäre. Glocken. Der Sarg glänzte schwarz und war silbern durchwirkt.
«Mir machte es keinen Spaß zu sterben», flüsterte der Junge Andrys zu, damit der Tote ihn nicht hörte.
«Warum denn nicht? Schau, wie schön!»

«Ist das die erste Klasse?»
«Noch besser, Sonderklasse.» Echte Schnittblumen. Sechs Ehrenjüngferchen. «Chrysanthemen kannst du immer haben, aber wo nimmst du die Brautjungfern her?»
«Ich könnte ... Ich würde unseren Mädchen sagen ... der Mifka und der Schoufek ... Sie würden sicher kommen ... Sie gehen auch in die Kirche und tanzen jetzt Feen ...»
«Was für Feen?
«Weihnachtsfeen ... Vielleicht würde auch Eva Kratzner kommen, aber da weiß ich nicht ... Wenn sie nicht umzieht ...»
«Welche ist das? Die, die damals Kafkas Ring bekommen hat?»
Mischa antwortete nicht. Eine Zeitlang schleppte er einen Fuß durch die modernden Blätter. Er überlegte, wer noch kommen würde:
Passer.
Und Filipi.
Für die Griffe dürften sie kommen. Er sah sie, wie sie hinter der Musik und hinter dem Sarg gingen, und er sah sich selbst, ohne den Alten.

LETZTES LEBEWOHL MISCHA

und auf einmal bereute er, daß Andrys das alles nicht sehen würde, Mifka und Schoufek und Filipi im schwarzen Hochzeitsanzug, ausgenommen, daß er mit ihnen gehen und alles nur *als ob* sein würde, wie die Versteigerung, bei der man Dinge kauft, die man nicht haben will und die man wieder los wird, ausgenommen den Regenschirm und den Kapselrevolver ohne Kapseln. Er mußte sich die Nase putzen.

Kurz beobachtete er den Alten, wie er zwischen den Gräbern ging und den Regenschirm schwang und laut «Goldne Sonne, nur noch einmal strahl auf meinen letzten Weg» pfiff.
«Opa?»
Er putzte sich die Nase. Furchtbar voll. Er folgte dem Alten und rieb mit dem Nagel den Rost von dem Revolver. Im Zwielicht blinkten die Kerzen. Aus dem Friedhof strömten massenhaft Leute hinaus zur Straßenbahn. Es begann zu regnen. Der Rost blätterte schuppenhaft ab, Rostfarbe, er wischte sie mit dem Taschentuch ab, und das Taschentuch verrostete.
«Seelenruhig hundert Stück mehr, wenn wir hier die Zeitung verkaufen. Sechs Heller das Stück. Rechnen wir doch nach.»
«Du möchtest nicht, daß ich sterbe?»
«Nein.»
«Dann sterbe ich eben nicht.» Der Alte steckte sich eine Brissago an, die er im Bahnhof gekauft hatte. Zwei, drei Zündhölzer erlöschten. «Ich sollte auch bei dem Gemüsehändler vorbeikommen, daß man dich zu Hause nicht beschimpft.» Er zog kräftig an der Brissago, die nicht brennen wollte. «Auch brauchen wir Alaun.»
«Was für Alaun?»
«Für die Kapseln. Wenn ich Alaun und Holzkohle habe, mach ich für dich Kapseln, die nicht feucht werden. Original ANDRYS.»
«Wie der Drachen, was?»
«Mhm.» Andrys war offenbar nicht beleidigt. Vorsichtig machte er einen altertümlichen schwarzen Regenschirm auf. «Ob er fliegt, das weiß ich nicht, jedenfalls ist er *längst* fertig ...»

7

Er hatte ihn gestern für zwanzig Zigaretten am Hügel von den Jungen gekauft, denen darüber der Atem stockte, daß jemand einen Drachen *kaufen* will, und noch dazu am Schluß der Saison, zu der Zeit, zu der man im Wintersportstadion bereits Schlittschuh lief. Mißtrauisch rissen sie die Packung VISANT MIT FILTER auf, vielleicht hatte der Alte auch zerknülltes Papier hineingestopft. Beinahe beschnupperten sie jede Zigarette einzeln.
«Meinen Sie das ernst?»
Sie jagten dem Dracheninhaber nach.
«Komm her! Hier spinnt einer!»
Er hörte, wie sie ihn überredeten:
«Was sollst du mit einem Drachen! Jetzt! Denk doch nach, du Trottel!»
Sie verkauften ihm für eine Zündholzschachtel auch noch ein Knäuel grauen Nähzwirn, und Andrys schleppte stolz den Drachen nach Hause. In der Nacht trat er beinahe hinein, als er zum Abort ging. Die Drachenschnauze fletschte die Zähne im Dunkeln.
«Ich hatte bis Morgengrauen daran zu tun», sagte er scheinbar bescheiden. «Die größte Mühe machten die Augen. Daß sie auch richtig grausam waren.» Er wurde bei der Lüge gar nicht erst rot. «Wie findest du ihn?»
«Großartig», hauchte Mischa und staunte. Das war das richtige Wort. Nun lag der Drachen auf dem Boden und nahm fast die Hälfte von Opas Bude ein. Der Schwanz hing über die Stühle. Papierquasten statt Ohren. Der Junge probierte den Drachen aufzuheben. Furchtbar vorsichtig.

Am liebsten hätte er ihn auf der Stelle zum Hügel geschleppt und ausprobiert, aber es regnete immer mehr. Er legte den Drachen wieder hin. Der Regen trommelte an die Fensterscheiben.
«Und es hört nicht auf ...»
«Morgen ... Du wirst sehen ...»
«Jawohl, das kennen wir.»
Es wurde dunkel. Auf den Pfützen tanzten Wasserblasen. In einer Fensterecke regnete es hinein. Der Alte nahm einen Kunststoffumhang. Unter das Fenster legte er noch wie gewohnt ein Stück gebogenes Blech. Das Wasser tropfte jetzt nicht mehr auf den Boden, sondern in den Eimer.
«Wir müssen gehen ...»
Auch der Junge zwang sich in einen Umhang mit einer Kappe hinein. Er betrachtete den Drachen. Fest zusammengepreßte Lippen. Um nicht zu heulen. Wütend sagte er:
«Es hört *nie mehr* auf zu gießen ...»
Sie rannten auf die Haltestelle zu: *Kannst du zwischen den Tropfen laufen?* Die Gullys wollten nicht mehr recht. Im spritzenden Wasser kam ein Lieferwagen geschwommen und schmiß zu ihren Füßen drei Pakete Zeitungen auf den Gehsteig, auf losem Blatt wichtigste Meldungen:

BUKARESTER KONFERENZ
ERSTER SCHNEE IN FRANKREICH
RABENMUTTER IN BEROUN VERHAFTET

Dazu noch Fliegende Untertassen über Rom. In Bulgarien konnte man in Sofia den Phantom schnappen, aber im Regen kaufte sowieso niemand eine Zeitung. Man eilte nach Hause. Im Fernsehen gab es um sechs Uhr eine Hockey-Übertragung.

«Phantom gefaßt in Sofia! Hier, hier, hier! Mord in Nusle! Rabenmutter in Beroun verhaftet!»
Im Regen kam eine Trambahn gefahren. Der Junge brüllte mit quietschender Stimme:
«Fliegende Untertassen über Rom!»
Er dachte dabei an den Drachen. *Wenn der Regen aufhört, kann ich ihn morgen fliegen lassen.*
«Taifun auf den Philipinen! Letzte Meldungen!»
Wieder eine Straßenbahn.
Sie verkauften fünf Stück Prag am Abend.
«Erster Schnee in Frankreich!»
Am nächsten Tag schneite es das erste Mal in Prag. Filipi und Klenha und Passer erwarteten Mischa am Schultor, aber sie verdroschen ihn nicht. «Gehst du vielleicht Schlitten fahren?»
Sie hatten völlig andere Sorgen.
«Wie geht der Katerbaumgriff?»

8

Schneeflocken tanzten auf der Bühne ein. Und ein bärtiger Sankt Niklaus sagte stockend den Hasen und den Eichhörnchen:
«Zweite A! Dritte A! Schnell!!!»
Wichtig war, die richtige Stelle in den Lichtkegeln einzunehmen. Unter den Feen durchzuhüpfen und keine von ihnen umzurennen. Mischa hielt sich an den Vordermann mit Hasenohren. Das Gefühl, daß ihm jetzt das ganze tschechi-

sche Volk zuschaute. Obwohl im Zuschauerraum nur einige Mütter sassen. Die Zauberfee sagte:
«Daß es auf der ganzen Welt Frieden gibt ...»
Und sie streckte breit die Arme, und Mischa flüsterte dem verwirrten Eichhörnchen, das ihm in den Weg kam: «Sei doch nicht blöd ... Hier muß ich stehen ...»
Laut sang er mit den andern:
«Auch für uns Häschen ...»
Und er hüpfte vorwärts. Im Dunkeln erblickte er die Mutter. Am Rande der zweiten Reihe. Die Fliegenpilze aus der ersten Klasse liefen vorbei, und die Lehrerin half ihnen die Treppe hinauf zur Bühne.
Die Eichhörnchen sagten:
«Auch für uns kleine Eichhörnchen ...»
Die Feen begannen zu tanzen, und die Lehrerin, die dem letzten Fliegenpilz hinaufgeholfen hatte, seufzte erleichtert, setzte sich neben die Mutter und sagte: «Ich bin sehr froh, daß Sie hier sind, Frau Horatschek. Ich, wissen Sie ...» Sie zerknüllte ihr Taschentuch, und sie strengte sich verzweifelt an, sich möglichst schonend auszudrücken: «Ich muß ja auch mit jeder Krone rechnen und begreife, wo Sie jetzt das Auto haben ... andererseits allerdings ... Daß *mein* Sohn irgendwo auf der Straße herumschreien sollte, Eine Dreizehnjährige verführt und Mord in Nusle ...»
Auf der Bühne huschten Häschen hin und her.
Mutter staunte:
«Was für eine Dreizehnjährige?»

9

Das Auto stand unter der Straßenlaterne. Vater spülte mit heißem Wasser letzte Inschriften von der Motorhaube ab: WEIHNACHTEN VOR DER TÜR!
Und den Rat:
WASCH DAS DOCH MAL! Er richtete die krummgebogenen Scheibenwischer auf. Auf dem Gehsteig gegenüber rannten die Jungen einem winzigen Sankt Niklaus und einem winzigen Teufel nach. Dann häuften sich vor dem Schulgebäude Eichhörnchen und Fliegenpilze. Ihnen nach Häschen. Mutter zog Mischa an der Hand hinter sich her. Er heulte, und sein Hasenschnurrbart war verschmiert. Auf dem Kopf bimmelten immer noch Hasenohren.
«Was hat er?»
«Was hätte er, der Idiot», sagte Mutter vollkommen unmütterlich. Sie schubste den Jungen auf die Haustür zu. «Nimm wenigstens die Ohren ab!»
Er nahm sie ab. Er zerrte sie über die Haare nach unten. Das Gummiband schnalzte ihm auf die Nase, aber er spürte auch das nicht. Hinter sich im Treppenhaus hörte er Vaters und Mutters Stimmen, vervielfacht durch das Echo. Er rieb sich mit dem Handrücken die Augen. Verschmierter Hasenschnurrbart. Er hörte den Vater amüsiert sagen:
«Edison hat auch Zeitungen verkauft.»
«Edison war ein Genie», erwiderte Mutter unwirsch. Sie warf einen Blick auf den Jungen an der Wohnungstür. «Das hier ist ein Biest. Hätte er zu Hause bloß ein Wörtchen ...» Sie kramte aus der Handtasche die Schlüssel hervor.
«Als hätten wir ihn hingeschickt ...»

Er rannte lieber ins Badezimmer. Sie kam ihm auch dorthin nach. Sie ließ heißes Wasser in die Badewanne einlaufen.
«Jetzt ist es Schluß mit dem Alten. Er verkauft uns den Schuppen sowieso nie. Nur damit du kommst. Damit er nicht allein ist.»
«Ich bin auch allein.»
«Du?»
Für die Motorhaube AUTOBALSAM und AUTOCLEANER + SHAMPOO, eine günstige Garnitur in einer Tasche für JEDEN FAHRER, hier war die billige Veilchenseife ELIDA, der Schnurrbart ging ab, noch rieb er sich den Seifenschaum aus den Augen.

BLITZBLANK DURCH AUTOBALSAM UND AUTOCLEANER + SHAMPOO
WASCHEN UND INS BETT

Unsere Fernseh-Tips vor dem Abendessen:

DAS DUFTIGE SCHAUMBAD MACHT ALLE KINDER GLÜCKLICH

UND JETZT NOCH EINE TASSE MOCCA, LIEBE MUTTER

Sie staunte: «Was heulst du?»
(Vielleicht haben wir wirklich ein bißchen weniger Zeit für ihn, ich mußte zweimal Überstunden machen, im Ärztezentrum, für Alice, dann auch Weihnachten und Einkaufen, aber so schlimm ist es dann auch wieder nicht, daß er sich beklagen muß, es fehlt ihm ja an nichts!)

Zwischen den Fenstern fand Mischa einen riesigen Strumpf. Mit einem Teufel und mit Kaugummi und mit einem chinesischen Auto. Ein großer Schlitten, Made in Hongkong, die Blinker blinkten. Wenn das Auto bis zur Tischkante kam, flammten die Blinker jedesmal auf, und das Auto korrigierte von selbst die Fahrtrichtung. ES KONNTE GAR NICHT ERST RUNTERFALLEN, nicht einmal:
«Siehst du ...»
«Wie findest du es?»
In der Diele läutete es. Vater ging zur Tür. Vor der Tür stand Andrys. Im schwarzen ausgebürsteten Wintermantel. Einen weißen Schal über die Schulter. Er zog die Schuhe aus. Hände voller Geschenke:
«Und damit ist es noch nicht fertig ...»
Er schob den Schal zur Seite. Darunter eine Fliege am Gummiband.
Er lachte:
«Guten Abend wünscht ergeben der Sankt Niklaus ...»

10

Der KAUFVERTRAG wurde in alter und sorgfältiger, geschnörkelter Schrift angefertigt, die den Hieroglyphen auf der Flasche ähnelte, die der Alte jetzt aus der Tasche fischte. Armenischer Kognak.
Er sagte:
«Der Rechtsanwalt macht sie auf. Als Beweis, daß Sie mir nicht mehr böse sind.»

«Ich?» Mutter lachte. «Die Lehrerin müßten Sie erst kennen. Den Mädchen verbot sie, Minirock zu tragen, daß man ihnen werweißwohin noch sehen kann. In Amerika würde man den Jungen in der Schule dafür noch loben. Edison hat doch auch Zeitungen verkauft.»

Sie streichelte Mischa sogar.

Er sagte:

«Was hast du? Zuerst ohrfeigst du mich ...»

Betroffen zog er sich vom Schlitten mit Blinker zu dem Spielzeug zurück, das der Alte mitgebracht hatte. Das Spielzeug war hundert Jahre alt. Am Amboß stand ein Schmied mit einem Hammer. Man zog an der Schnur, der Hammer schlug zu, und aus dem Amboß kamen Funken.

«Du brauchst lediglich ein Feuerzeugsteinchen», sagte der Alte. «Das steckst du hinein und drückst mit dem Taschenmesser zu.» Er zeigte ihm das und zog an der Schnur. Sie war dreimal angeknotet. «Na ja, ein Düsenflugzeug ist das nicht ...»

Das Loch für die Steinchen war bereits rundherum bekratzt.

Mischa begriff auf einmal:

Es ist *sein* Spielzeug.

Oder *seiner* Kinder Spielzeug.

«Also ich finde es schon prima», sagte er, um dem Alten Freude zu machen. «Sie werden den Knüller sehen, wenn wir unter den Hammer eine Kapsel legen. Was machen die Kapseln?»

«Alaun hab ich jetzt. Nur noch Holzkohle. Wenn ich Holzkohle habe, backen wir.»

«Man muß sie backen?»

«Zum Austrocknen.» Andrys schaute sich vorsichtshalber um. Er zog an der Schnur.

Der Hammer schlug auf den Amboß. «Haben sie sehr geschimpft?»
«Nicht so sehr. Es war auszuhalten.»
Sie flüsterten. Wie zwei Verschworene.
«Haben Sie alles verkauft?»
«Zwanzig Stück sind geblieben ... Wo du nicht da warst ... Gestern fünfzig ...»
«Verdammt ...»
«Er kommt!»
«Das verstehe ich nicht, Herr Andrys», sagte Vater. Er hielt den Kaufvertrag in der Hand und las es wohl zum fünfzigstenmal. Er buchstabierte den Anfang: Ich, Andrys Ed, verkaufe und habe bereits verkauft Notbau Nr. 45/II, also den Schuppen, gebaut auf dem Stadtboden, also ohne Boden, an Herrn Dr. Horatschek für 5 (fünf) Kronen, zahlbar wöchentlich im voraus –»
«Ist das zuviel?» erschrak der Alte.
«Das ist nicht zuviel. Aber es ist kein Kaufvertrag, Herr Andrys. Es ist ein Mietvertrag. Wenn ich fünf Kronen wöchentlich zahle, gehört der Schuppen immer noch Ihnen.»
«Aber ich will ihn doch nicht haben. Was soll ich damit? Wenn der Praga Grand auf den Schrott muß ...»
Vater seufzte. Er nahm ein leeres Blatt Papier. Er spannte es in die Schreibmaschine ein.
«Wir können einen Mietvertrag schreiben. Sagen wir für zehn Jahre. Oder einen Kaufvertrag. Bar oder auf Raten ...»
Der Schmied hämmerte erneut. Mischa flüsterte dem Alten vorwurfsvoll zu:
«Warum nur fünf? Wenn Sie ihm sagen ...»
«Steh hier nicht im Weg», sagte der Vater. Er schlug vor: «Kaufvertrag zwischen ...»

Andrys zögerte: «Das möchte ich mir vielleicht noch ...» Mutter griff ein. Sie schenkte den Kognak ein. Sie drückte dem Vater den Vertrag von Andrys in die Hand. «Unterschreibe», sagte sie. «Auf Details kommt es nicht an. Hauptsache ist der Schuppen.»
«Aber rechtlich ist das ein Unsinn», sagte Vater, seufzte und unterschrieb. Er griff nach dem Geldbeutel. «Das Geld etwa ein Jahr im voraus?»
«Nein», sagte Andrys Ed und malte in Schönschrift seinen Namen unter den Vertrag. «Das würde ich verjubeln. Ich komme jeden Freitag vorbei.»
Er unterstrich die Unterschrift. Machte einen Schnörkel. Schrieb das Datum dazu.

Die Einsamkeit der Dinge

1

Erst der Schuppen gab dem MB 1000 einen Sinn, das wirkliche Ziel zahlreicher Fahrten, vorher fuhr Vater ziellos in einem Zauberkreis um Prag herum, nur um zu fahren, ich zeige euch Hrusice, ich zeige euch Zbraslav, ich zeige euch Slivenec, aber es gab nur das Klicken der Kilometer am Tacho, immer neue überraschende Geräusche, im Anlasser wurde ein Seilchen locker und tickte wie eine Uhr, und hinten klirrte die Fensterscheibe: Ich muß im Service vorbeikommen. Da kannten sie ihn schon, er kam mit jeder Kleinigkeit:

«Die Sitze knirschen.»

«Sie haben ja auch ein paar Kilo.»

Es genügte, *irgendwohin* ein bißchen Öl zu tropfen, und er beruhigte sich:

«Jetzt ist es besser.»

Jetzt nahm er das Ticken und Knirschen kaum noch wahr. Tausendmal erst.

«Erst wenn der Schuppen fertig sein wird. Erst wenn wir den umgeworfenen Zaun repariert haben. Erst wenn wir das Tor gestrichen haben.»

Er brachte den Praga aus dem Schuppen heraus und versprach dem Alten:

«Erst wenn der Schnee geschmolzen ist, dann schleppen wir ihn ab.»

«Das ist jetzt dein Auto», sagte der Alte zu Mischa, nachdem er den Praga am Zaun abgebremst hatte. «Bis der Schnee geschmolzen ist.»
Er machte die verrostete Tür auf.
Er hupte mit der Gummihupe.
«Drück mal!»
Mischa drückte. Er kletterte in den Praga hinein. Er versank beinahe in der weichen Polsterung. Neben der Gummihupe hing ein Sankt-Christophorus-Talisman mit der Aufforderung: Denk an die Familie. Das Steuerrad. Er faßte daran. Er versuchte zu schalten. Der Hebel wackelte. Wenn er sich am Hebel näherzog, konnte er mit der Schuhspitze das Gaspedal erreichen.
«Wo ist der Starter?»
«Neben dem Schlüssel.»
Er probierte ihn. Sagte enttäuscht:
«Aber er funktioniert nicht!»
«Weil ich die Batterie bereits verkauft habe.»
«Und wenn ...»
«Was?»
«Würde er noch fahren? Mit einer Batterie?»
«Nicht mehr so recht.»
«Aber ein bißchen?»
«Ein bißchen schon. Wenn man dich den Anhang hinunterschubst, würdest du blitzschnell fahren. Das hättest du früher sagen müssen, daß du fahren willst. Ich habe auch den Vergaser schon verkauft.»
«Aber einen Motor hat er?»
«Einen Motor schon. Noch einen Haufen Dinge.»
Andrys zog die Uhr unter dem Armaturenbrett auf.
Sie begann zu ticken.

Er sagte:
«Schau her ... eine Uhr ...»
Auf die Frontscheibe schneite es. Die Uhr tickte. Der Junge schaute verträumt durch das Glas und durch die Scheibenwischer die silberne Statuette auf dem Kühler an. Die Statuette zeigte mit der Hand nach vorne, zum Weg, der sich zu der Stadt neigte. Die Jungen wären platt, wenn er mit dem Praga Grand an der Schule vorfahren würde. Und der Schulwart und Eva Kratzner und die Lehrerin:
«Ist das dein Auto?»
«Jawohl, ein Weihnachtsgeschenk.»
Die Hände am Steuer froren. Er kletterte hinaus. Die ganze Insel war weiß, nur der rote Schuppen und das Läuten der Metallstangen im kahlen Geäst.
Er schrie:
«Drachenwind!»
Aber es war noch nicht der Drachenwind.

2

Gleich am nächsten Tage brachte er den Drachen in den Schuppen. Er fürchtete, daß der Alte ihn nachts durchtreten würde. Die Wohnung von Andrys verwandelte sich. An völlig unerwarteten Orten tauchten die Dinge aus dem Schuppen auf. Es blieb nur noch ein schmaler Pfad zum Bett und vom Bett zum Ofen. Unter der Negerstatuette in der Diele stand an die Wand gelehnt das Reserverad für den Praga Grand.

«Jemand sucht es verzweifelt, und hier ist es für fünfzig Eier zu haben. Nur gewußt wo, und wir sind beide glücklicher.»
Der Alte lebte auf. In Tabakkiosken und auf Plakatflächen klebte er Zettelchen auf:

VERKAUFE.
HABE.
TAUSCHE FÜR ETWAS UM.
GÜNSTIG.

Der Schuppen schien unerschöpflich zu sein. Vater brachte in die Wohnung von Andrys eine Fracht nach der andern. Ganze Stapel von Kartons mit alten Ansichts- und Glückwunschkarten. Rosige Ferkel und Kaminfeger.

VIEL GLÜCK FÜR DAS NEUE JAHR.
GRUSS AUS BASTEI.
GRUSS AUS LEITMERITZ.
Lieber Eda! Wie geht es Euch, und was macht Ihr so? Wir denken oft an Euch. Eure Eva.

Andrys sagte:
«Schade um die Briefmarken. Die Karten lese ich, und die Briefmarken löse ich ab und verkaufe sie. Oder ich mach eine Kollektion für Mischa.»
Der Junge seufzte erleichtert auf. Die Angst, daß der Alte *alles* verkauft und die Kasse unter der Matratze plötzlich voll sein wird: Wenn zwölfhundert Eier drinnen sind, sterbe ich und Schluß und ab nach Olschany; lieber versteckte er ihm etliche Dinge und trug sie heimlich auf den alten Dachboden und verteilte sie hinter den kleinen Balken. Ganze Bogen Aufklebengelchen. Zerrissene Perlenschnüre. Alles, was ihm

CARTE POSTALE
Adresse
LENTINE'S
CARD
PORTE-FRANCO
UNA PESETA
TUCK'S POST CARD
CARTE
POSTALE
By Appointment
MILITARY IN LONDON
Postcard No. 3546F
KING & QUEEN
The Gordon Highlanders.
277. LA BAULE-sur-MER (Loire-Inf.) — L'Hôtel Royal, pris de l'Avenue Pavie
HOTEL ROYAL

kostbar und selten erschien. Glaskugeln, in denen es schneite. Es fiel ihm ein:
«Wir könnten dem MB 1000 die Batterie für den Praga Grand ausbauen.»
«Und dein Vater reißt dich in Stücke», sagte der Alte. «Du übereilst ja alles. Als ich so alt war wie du jetzt, bin ich lieber den Mädchen nachgelaufen.»
«Da bringen Sie ihm noch was Schönes bei!»
Mutter kehrte aus einer Ecke schimmlige Werbeprospekte heraus. HORMONE ROGA. DISKRET. SORELA UNTERSTÜTZT DEN HAARWUCHS. KODYMS DYNAMISCHES SYSTEM FÜR MÄNNERKRAFT.
«Sie haben da schöne Sachen.»

TAUSEND UND EINE NACHT. GÜNSTIGE ABZAHLUNG.

«Das haben Sie verkauft?»
«Das auch. Als ich arbeitslos war. Auch Margarine Sana. Sorela gegen Haarausfall. Seife Dreimänner und Wäschtallein. Ich war auch Handlanger auf dem Bau und lud im Bahnhof Waggons aus. Ich faulenze nicht so gern. Haben Sie auch schon gemerkt, daß die meisten Leute im Bett sterben? Ein Apfel pro Tag hält Ihnen den Arzt vom Leib. Wenn Sie ihn treffsicher werfen.»
«Opa ...»
«Ich schweig ja schon. Das hier war eine fabelhafte Erfindung, schauen Sie!» Andrys zog erneut etwas hervor, was wie abgeblätterte Batterien aussah. «Für den Winter. Taschenbenzinofen. Wenn sie nicht geleckt und einen Tabakkioskinhaber sich nicht unterwegs vom Lager samt Zigaretten in Brand gesteckt hätte, wäre ich heute Millionär.»

«Was jetzt? Hinausschmeißen?»
«Nein.» Eine halbe Stunde saß er an der Kiste und säuberte den Kasten vom Rost. «Sie würden auch alles gleich hinausschmeißen.»
Im Dachboden fand Mischa ein Paket Karten-Werbeprospekte:

KONTROLLIEREN SIE IHRE GESUNDHEIT!
HAUCHEN SIE DEN SCHWARZEN KREIS AN.

●

WENN IHRE LEBENSFÜHRUNG VOLLKOMMEN RICHTIG IST, VERFÄRBT SICH DER KREIS ROSAFARBEN. WENN ER SCHWARZ BLEIBT, BESUCHEN SIE HEUTE NOCH
DAS RESTAURANT BEIM NIMMERSATT
GESUNDE UND NAHRHAFTE MAHLZEITEN
PILSNER BIER
MENU AB 5 KRONEN

Neugierig hauchte der Junge den schwarzen Kreis an, aber es geschah nichts. Auch nicht, als er die Karten in die Schule mitnahm und die ganze Klasse hauchte. Es waren wohl zu alte Karten.
Die Kiste mit den Benzinöfen schleppten sie mit dem Alten zur Schrottsammelstelle. Sie bekamen dafür sechs Kronen. Am Verkaufsstand an der Ecke boten die Mädchen aus dem Laden Maroni an. Für die sechs Kronen bekamen der Alte und der Junge zwei Tüten Maroni. Sie wärmten die Hände besser als Benzinöfen.
«Wir geben zuviel Geld aus ...»
«Na und», sagte der Junge. Die Luft duftete nach Tannennadeln. «Vor Weihnachten muß man Geld ausgeben.» Er

erinnerte sich wieder an die Kasse mit sechshundert Kronen.
«Sie sterben halt nicht so bald.»
Er aß Maroni und überlegte, was für Geschenke er besorgen sollte. Für den Vater einen Kalender. Ein Geschenk für den Alten hatte er bereits. Eine kleine Lampe, wie man sie am Friedhof verkaufte. Für die Mutter vorläufig noch nichts.
«Ein Parfum?»
«Hat sie bereits.»
«Dann einen Kamm.»
«Hat sie auch.»
Sie schauten in die Schaufenster. Zuletzt nahmen sie einen Schlüsselanhänger. Wenn man unten drückte, leuchtete es.
In der Zeitung stand:
KARPFEN AUS SÜDBÖHMEN FÜR PRAG.

3

Noch am Tag vor Weihnachten fuhren sie zu dem Schuppen. Auf dem Praga Grand schimmerte der Schnee und darin Krähenfüßchen als Geheimzeichen. Die Männer luden letzte Dinge in den MB 1000. Eine uralte Schreibmaschine mit einer Taste und mit Buchstaben auf runder Walze:
«Willst du sie haben? Du kannst damit Aufgaben schreiben.»
Noch lagen da ganze Berge alter Zeitschriften. Unter den Dachbodenbalken. Welt in Bildern. Flugs durch die Welt. Bunte Woche. Weltblick. Ereignisse stapelten sich aufeinander. Wabenhafte Zeitschichten liefen rückwärts. Wie ein verrückter Film. Sprengmittel sprengten ein Denkmal, das

die Leute dann festlich einweihten. Flugzeuge überwanden die Schallmauer, und ganz zuunterst stand die Frage:

KANN SICH EINE MASCHINE, SCHWERER ALS LUFT, IN DER LUFT HALTEN?

Unter den Zeitschriften fand Mischa einen Karton mit Fotos. Es waren darunter etliche mit einem jungen Menschen, der dem Alten ähnlich war. Nur trug er eine Uniform. Dann mit den Kindern. Am Kinderwagen mit hohen Rädern. Mit einer Schildmütze an irgendeiner Ruine.
Er lachte:
«Der ist Ihnen ähnlich.»
Es war ein Foto aus der Badeanstalt. Der Mann machte Kopfstand. Eine Hand hielt er frei in der Luft. Gestreifter weiter Badeanzug.
Der Alte betrachtete die Fotos. Als ob die Erinnerung langsam kam. War das so? War das nicht so? Er staunte:
«Das bin ich doch ...» Er fand noch ein Ovalfoto mit einem Kind mit großen Ohren und einem Ball: «Das hier auch ... alles ...»
Draußen klirrten die Metallstangen.
Der Wind sauste in den Bretterritzen.
Mischa sagte:
«Jetzt ist es ein Drachenwind ...»
In der Ecke stand der Drache, der noch nie geflogen war, aber der Alte betrachtete immer nur die Fotos, auf denen er selbst zehnjährig war.
Er sagte:
«An den Ball erinnere ich mich nicht mehr.»
Als ob das wichtig wäre. Jetzt, beim Drachenwind. Der Junge drückte das Gesicht an die Dachbodenspalte. Un-

glücklich. Tief unter ihm beleuchteten die Schlußlichter des MB 1000 den Schnee und das alte Auto im Schnee. Vor dem Zaun wuchs die Finsternis an. In der Ferne zitterten glitzernde Lichtketten.
Prag.

4

Der Wind schnaubte die ganze Nacht durch die Straßen. Am Morgen wurde er stärker. Am Mittag hörte er sich im Lichtschacht wie ein vorbeifahrender Zug an. Mischa saß im Klo und dachte an den Drachen und an den Wind, der tausend Drachen auf einmal in unermeßliche Höhen hinauftragen konnte. Er schloß die Augen und sah kleine Lichter, und es waren mehr als tausend, und die Mutter vor der Tür sagte:
«Bist du da drin eingeschlafen?»
Er spülte und kam heraus. Die Küche duftete nach Ingwer und Vanille. Im Backofen ein Apfelstrudel. Mutter ordnete in einem Karton Linzer Ringe und Mandelpratzen:
«Iß nicht die schönsten auf!»
Sie sortierte die gebrochenen aus. Auch Pratzen, die sie angebrannt hatte. Sie band den Karton mit einer Schnur zusammen.
«Das bringst du dem Alten.»
«Ich wollte Schlittschuh laufen.»
Das stimmte nicht, aber er ließ sich überreden. Er wollte nicht, daß sie wußte, wie sehr es ihm daran lag zu verduften.

Weil es draußen genau einen Drachentag gab. In der Küche klaute er Zündhölzer. Unter dem Spielzeug hatte er das Geschenk für den Alten. Die kleine Lampe. Ich gebe sie ihm angesteckt.
Er jagte durch die Siedlung. Hinter ihm das höhnische Gebrüll der Bengel. Hier, hier, hier! und: Prag am Abend! Der flüchtige Scheißer Horatschek gefaßt! aber er pfiff darauf. Er rannte weiter. Am Karpfentrog vor dem Fischladen vorbei. Unglücklich schaute er das Päckchen an. Die Schnur ging auf. Er wollte sie festmachen. Das Gebäck fiel heraus. Er sammelte es aus dem Dreck und matschigen Schnee. Pratzen zerbrachen in kalten steifen Fingern. Einige weniger ramponierte Stückchen konnte er retten. Dann gab er auf.
«Die Hauptsache ist das Geschenk.»
Er machte es zurecht und steckte die Flamme an. Die kleine Lampe warf Lichter und Schatten auf die Wände und auf die Treppe. Wieder der Kohlengeruch. ANDRYS ED. Der Junge blieb stehen. In der Wohnung hörte er eine Frau lachen. Der Alte hustete. Er läutete, und alles verstummte. Er leutete nochmals, aber niemand kam. Auch nicht, als er an die Tür polterte:
«Ich bin es!»
«Opa! Ich weiß, daß Sie dort sind!!!»
«Opa!!!»
Nichts. Die Tür ging nicht auf. Auch nicht, als er ihr einen Tritt versetzte. Jetzt schon wütend. ICHWEISSDASSSIEDORTSIND! Langsam, enttäuscht befestigte er das Geschenk an die Türklinke. Rückwärts ging er die Treppe hinauf und starrte die Türklinke an. Irgendwo über ihm spielte ein Radio Weihnachtslieder.

5

Reflektoren rissen verlassene Dinge aus der Finsternis. Alter Kinderwagen. Weggeworfene Nähmaschine. Hinter dem hohen Zaun bellte ein Hund. Der MB 1000 fuhr jetzt langsamer.

Die Schaltung knirschte.

Das Auto kletterte vorsichtig auf dem Schnee hinauf.

Im Auto war es warm. Zigarettendunst. Die Heizung wehte warme Luft der Mutter auf die Knie, aber sie zitterte vor Kälte und Müdigkeit.

«Ich hätte dich fahren lassen sollen. Es ist ihm sicher etwas passiert. Um zwei Uhr ist er weggegangen.»

«Er ist vielleicht längst zu Hause.»

«Nein.»

«Warum nicht? Wie kannst du das wissen?»

«Ich weiß das.«

Mit dem Handschuh wischte sie die Scheibe vor sich, die es gar nicht brauchte.

«Bei dem Alten war er nicht ...»

Jetzt war bereits das Tor SEIFE HELLADA da.

In der Leere.

Nichts.

Sie sagte: «Vielleicht ist er im Schuppen, mach doch etwas, bitte ...»

Er wußte nicht, was er machen konnte. Aber er kletterte hinaus. Die Torscharniere jaulten auf. Er versetzte einem heruntergefallenen Brett einen Tritt. Angewidert sagte er zu den Lichtern, die auf ihn zufuhren:

«Das Tor fällt sowieso auseinander ...»

Und schrie:
«Nach links!»
Der Wagen sprang zur Seite, als sie heftig auf die Bremse trat. Weil die Tür des alten verschneiten Praga aufging und Mischa dastand. Geblendet schützte er die Augen mit der Hand. Er hörte Mutter überrascht sagen:
«Was machst du hier?»
Er war halberfroren. Als ob er vorher geheult hätte. Rotzige Nase.
«Nichts.»
Vater erreichte den Praga und staunte. Der blaugefrorene Junge.
«Sag mal: Ist er normal? Ist bei uns überhaupt noch jemand normal?»

6

Sie wickelten ihn in Wolldecken ein, aber er flog hinauf mit all den Wolldecken, mit dem Wind, der den Drachen über ihm bereits angerissen hatte, es war wichtig, die Schnur nicht loszulassen, er wickelte sie dreifach um seine Hand, es ärgerte ihn, daß der Drachen ihm eben jetzt wegfliegen sollte, wenn er kleine Lichter sah. Er wollte sie zählen, für einen Augenblick noch den Hals voller Drachenschwanz: Mach keinen Blödsinn!
Mit dem Drachen konnte man nicht anders reden. Er selbst redete genauso ordinär wie Filipi:
«Scheiße, laß doch los!»

Zitronengeschmack.
Und wieder der Zaun aus Drahtgeflecht, auf den die Jungen ihn gejagt hatten, er tritt nach Klenha mit dem Schuh, aber man zog ihn herunter, an jenem Schuh.
«Mach mal einen Wecker!»
«Schädelglut!»
Sie sagten:
«Geht es dir schon besser?»
Er wachte auf. Verschwitzt betrachtete er den Weihnachtsbaum mit Geschenken. Das Federbett war glühend heiß. Am Bett saß der Alte. Zerknirscht sagte er:
«Im Frühjahr mach ich dir einen neuen Drachen.»
«Ich will nicht mehr.»
Schneidender Schmerz im Hals. Bei jedem Wort.
Und Wut.
«Ihretwegen. Uns beiden wäre er nicht weggeflogen. Ich mußte eben loslassen. Bei *dem* Wind.»
Noch nie im Leben war er so verärgert. Und daß er sich erkältet hatte. Klebrig süßer Sirup. Bis zum Hals in den Federn.
Der Alte schaute schuldbewußt drein.
Eine eckige Schachtel im Schoß.
«Ich habe etwas für dich ...»
«Ich will nichts.»
Lieber schluckte er Penicillin, als wäre es ein Leckerbissen. Dann muß ich eben *seine* Schachtel nicht annehmen. Er merkte, daß Mutter am Arm ein dünnes goldenes Armband trug. Ähnlich dem mit den Anhängern, das sie verkauft hatte.
«Von Vater?»
«Mhm.»

«Und der Schlüsselanhänger?»
«Er leuchtet. Er ist schön.»
«Die Lampe auch», sagte der Alte. «Ich danke dir vielmals. Willst du das Geschenk nicht auspacken?»
«Was soll ich damit?»
Der Weihnachtsbaum leuchtete. Darunter lag ein großer Metallbaukasten. Drei Bände von Winnetou. Ein Tunnel und Schranken. Das habe ich gebraucht, dachte Mischa. Sehr dringend. Sonst nichts. Falls Winnetou etwas nie vergab, dann einen Verrat.
Er sagte:
«Ich habe genug eigene Geschenke.»
«Mischa? Der Drachen ...»
«Was?»
«Er ist vielleicht irgendwo hinter dem Schuppen heruntergefallen?»
«Nein. Er flog senkrecht hinauf. In die Höhen. Sprunghaft, wie ihn die Windstöße hinauftrieben. Höher und immer höher.»
In Telegrafendrähte. Aber das sagte er nicht mehr. Angst vor den Drähten. Er zuckte heftig nach unten. Dann riß er sich los. Hätte ich ihn am Arm angebunden, hätte er sich nicht losgerissen.
«Das ist es nicht», sagte er.
«Und was dann?»
«Wir hätten eben beide dabei sein sollen ...»
Nach sechs Stunden wieder Penicillin. Ein Teelöffel Sirup. Der Alte saß immer noch am Bett. Er spielte mit dem Vater Mensch-ärgere-dich-nicht. Die Lampe haben sie heruntergezogen und mit einem Handtuch abgeschirmt.
«Wer gewinnt?»

«Ich», sagte der Alte. «Ich spiele jetzt für dich ...»
Der Junge schluckte das Penicillin. Er sagte heiser:
«Für mich muß niemand spielen ...» Er lachte, als dem Alten nur ein Punkt gelang. «Und Sie sind raus ... Schmeiß ihm noch einen raus ...»
Er schrie:
«Jetzt ist der Würfel nicht gerollt!»
Als Andrys mogelte und sechs Punkte hatte.
«Wieso denn nicht. Er ist schon gerollt.»
«Ist er nicht.»
Er seufzte:
«Wenn er nicht mogelt, hat er nichts ...»
Er schob sich näher auf sie zu, er wollte das Spiel verfolgen. Am Bett lag die Schachtel, die jemand inzwischen ausgepackt hatte. Wahrscheinlich Mutter, bevor sie zum Nachtdienst ins Ärztezentrum mußte. Der Junge griff mit der Hand in die Schachtel. Er betastete das Geschenk. Eine Art Metallwalze. Vorne ein Rohr. Er machte die Schachtel wieder zu. Er überlegte, was das war. Metallwalze. Ein Rohr vorne. Am Ende ein Gläschen.
Der Würfel klapperte. Er schlief ein.

7

Dunkel. Nur ein kleines Licht am Bett und der Alte; kurz raschelte das Papier, dann schnitt sich ein Lichtkegel in die Dunkelheit hinein, und an der Decke ging ein altertümlich gezeichnetes Mädchen mit Körbchen auf:

«Schau, Rotkäppchen ...»

Mischa leckte am Teelöffel mit Sirup. Verschlafen schluckte er auch das Penicillin. Bevor er sich besann:

«Brrr ...»

Durch die Spalte in der Laterna Magica fiel das Licht auch auf ihn. Der Alte verschob das Glas mit den Bildchen:

«Und der Wolf ...» Einige Märchen brachte er durcheinander. «Bereits umgezogen, weil er sie aufgefressen hat ... Geißlein, macht auf ...»

«Darüber würde ich lieber schweigen ... Über aufmachen ...» sagte Mischa streng. «An der Haltestelle waren Sie auch nicht. Mit den Zeitungen. Wieviel haben Sie jetzt in der Kasse?»

«Etwa vier», sagte der Alte schuldbewußt.

«Wieso vier, wo wir bereits sechs hatten?»

«Nicht ganz ... Es war nicht ganz sechshundert ...» Bildchen kletterten über die Decke. «Rechne doch mit, zu Weihnachten: Karpfen im Sulz. Eine Portion paniert. Und auch der Aal ...»

«Was denn?»

«Der Aal. Und Wein. Zwei ...»

«Das ist doch immer noch nicht ...»

«Jetzt noch Schneewittchen. Willst du?» Der Alte wechselte lieber Gläschen. Er steckte die Heinzelmännchen mit den Füßen nach oben hinein. «Auch die Holzkohlen kosteten etwas. Die Kapseln waren schon beinahe fertig. Millionen Kapseln. Ich hab sie in den Backofen zum Trocknen gesteckt ...»

«Und?»

«Es hat gekracht. Die Baracke ist beinahe umgefallen.»

Der Junge brüllte vor Lachen.

«Eine Wucht, was?»
«Jawohl. Ofenrohr im Hof.» Andrys lachte auf, weil der Junge immer noch vor Lachen brüllte. «Du mußt schlafen. Der Aal ...» Plötzlich sah er müde aus. «Ich weiß schon, wie ich das nachholen kann.»
Es war still.
«Opa?»
Der Junge kroch näher.
«Bleiben Sie hier?»
«Bis du gesund bist.»
«Und dann?»
Auf der Decke tobten die Heinzelmännchen mit Schneewittchen herum.
«Immer?»
«Schrei nicht so», sagte der Alte. «Vater ist eingeschlafen. Ich koche dir jetzt Kamillensud. Du mußt das einatmen, und es wird dir besser gehen. Du solltest richtig ins Schwitzen kommen.»
Er suchte nach einem Topf.
Kamillenblüten fand er in einem Beutel in der Küche.
Er kannte noch von seiner Oma verschiedene Hausrezepte: Gegen Halsschmerzen und Husten geriebenen Meerrettich. Mit Honig vermischt.
«Nicht schlecht», sagte der Junge.
Die Schüssel mit dem Kamillensud dampfte. Der Alte wickelte den Jungen in eine Wolldecke. «Mach den Mund zu und atme durch die Nase.»
«Atmest du?»
«Ich atme.»
Mischa näselte unter der Wolldecke:
«Es ist wie ein Iglu.»

Kamillenwärme. Überall.
Er schrie:
«Hören Sie? Jetzt!»
«Was?»
«Wie ich schwitze!»
Die Wärme verstopfte ihm die Ohren. Kamillenduft lief durch die Nase bis in den Magen und Schweißtropfen auf das Laken hinunter.
Tropf.
Tropf.
Der Alte sagte:
«Jetzt hör ich das!»

8

Der Fahrer, der die Mutter vom Nachtdienst heimbrachte, war müde. Auch der Arzt war müde. Sechsundzwanzig Anrufe beim Notfalldienst. Meistens Gallenblase. Er rieb sich die wunden Augen. «Weihnachtsmagenvergrößerung.» Aber er lachte nicht. «Ich schau mir den Jungen an. Sagten Sie siebenunddreißig vier am Abend?»
«Sie haben bestimmt vergessen, ihm Penicillin zu geben.»
Zum ersten Mal lachte der Arzt: «Mutter ...»
Manchmal kam der Wagen unterwegs ins Rutschen. Früh am Morgen waren die Straßen noch nicht gestreut. «Eigentlich sind Sie unser zweiter Fall. Eine Krankenschwester hatten wir heute bereits. Sie ging ohne Brille unter die Höhensonne. Dann meinte sie, sie wäre blind.»

«Das ist nicht zum Lachen.»
«Was ist schon zum Lachen, heute. Auch die Witze nicht.»
Er trug noch die Nacht in sich mit. Waben der Wohnungen, durch die er ging. In der Vorstadt unter dem Viadukt stellte er einen Totenschein aus für eine alte Frau in einer Kammer hinter einem Blumenladen. Zwei alte Frauen flochten bereits einen Kranz für sie. Es waren ihre Schwestern, und es war wie ein Spuk. In der Nacht erinnerte die Stadt an ein Nachtasyl. Die Federbetten krochen aus den Kisten. Überall schlief jemand. Ausgezogene Doppelbetten. Der Arzt mußte zweimal über schlafende Kinder steigen, um an den Kranken zu kommen. Jetzt sagte er:
«Wo haben Sie ihn? Ihren Patienten?»
Kamillenduft in dem Zimmer. Das Bett war leer. Mutter ging verwirrt durch die ganze Wohnung. Sie weckte den Vater auf:
«Wo hast du ihn?»
«Wen denn?»
«Mischa. Der Arzt ist hier.»
«Wo soll er sein?»
Sie hörte ihn lachen. Im Badezimmer war es dunkel, nur kleine Lichter in der Badewanne. Auf dem Wasser Nußschalen. Darin Kerzen.
«Sind Sie verrückt?»
«Er konnte nicht mehr schlafen», sagte der Alte. «Ich hatte nicht das Herz, ihn zu quälen.»
In der Ecke summte der Gasofen. Mischa hatte acht Pullover an. Einen Schal. Trainingshose über Pyjamahose. Die Pullover ausziehen. Die Zunge herausstrecken. Der Arzt betrachtete den Alten, der die Nußschalen abräumte:
«Lassen Sie nur, das kann warten. Haben Sie heißes Wasser?»

«Jawohl. Natürlich.» Die Mutter wurde ängstlich. Sterilisieren der Instrumente schwebte ihr vor. «Geht es ihm schlimmer? Wieviel Wasser?»
«Für eine Tasse Kaffee», sagte der Arzt. «Sechsunddreißig acht. Ein bißchen Schnupfen. Er nimmt das Penicillin weiter, das Sie ihm ordiniert haben. Wie geht es eigentlich mit den Nußschalen, Opa? Welche kommt am weitesten?»
Er nahm eine. Sie kam sehr weit.
Das freute ihn.
«Gut, daß ...»

9

Die kleinen Kerzen blinkten. Die Schalenschiffe drehten sich auf dem Wasser. Langsam nahmen sie Wasser auf. «Meines war am weitesten,» sagte der Junge. Er zwang sich erneut in den zottigen Pullover. «In Australien.» Er ahnte nicht, daß in dieser Nacht sich etwas in ihm eingenistet hatte, was er nie mehr loswerden sollte. Sehnsucht nach der Ferne. Nach den Ozeanen.
Auch goß er sein Schicksal in Blei. Was ihn erwartete und was er nicht meiden konnte, ähnelte einer Insel mit silbernen Palmen. Das glühende Blei zischte. Plötzlich abgeschreckt, verwandelte es sich in phantastische Prophezeiungen, aus denen man alles herauslesen konnte.
«Du hast eine Reise und ich einen Strauß», sagte der Alte, nachdem er sein Schicksal betrachtet hatte. Aus einem Stück Blei ragten fünf ausgefranste Eruptionsgebilde hinauf.

«Wie eine Hand oder ein Blumenstrauß.»
«Oder ein Hund», sagte Mischa, nachdem er die Prophezeiung – Strauß – Hand umgekehrt hatte. «Oder ein Pferd. Vier Beine. Schwanz. Hier hat er einen Kopf. Und ein Ohr.»
Er sagte noch: «Pferd bedeutet auch Reisen.»
Er schaute sich noch Rotkäppchen an und ging dann ins Bett. Am Morgen frühstückte er Meerrettich mit Honig. Er fühlte sich großartig. Den Alten fand er auf dem Kanapee in der Küche. Er weckte ihn auf, und sie spielten Mensch-ärgere-dich-nicht. Später Hockey. Die ganzen Feiertage. Mit winzigen Schlägern, die Andrys aus Sperrholz ausgeschnitten hatte. Der Alte war Finnland, Amerika und Sowjetunion. Mischa Tschechoslowakei, Schweden und Kanada. Im entscheidenden Kampf schlug die Tschechoslowakei Amerika 24:0 und wurde Welt- und Europameister. Auf den zweiten Platz kam Schweden. Auf den dritten Kanada.
Zu der Zeit kam der Alte nur noch manchmal. Im Januar taute der Schnee auf, und Eva Kratzner zog um, und der Alte kam eine ganze Woche nicht, erst am Dienstag.
Er sagte zu Mischa:
«Nimm den Schal.»

10

Kahle Baumgipfel bewegten sich nach rückwärts und Metallklirren der Stangen im Geäst darüber; der Motor brüllte. Der Praga Grand fuhr aus dem Tor hinaus und den Weg hinunter. Mischa starrte vor sich hin. Nach hundert Metern hörten die Pflastersteine auf. Die silberne Statuette auf dem Kühler begann zu schwanken, als der Praga Grand in Dreck und Löcher hineinfuhr. Die Hinterreifen drehten durch, und sie schwankten zur Seite:
«Beinahe wären wir gestrandet ...»
Der Junge balancierte das Rutschen mit dem Steuerrad aus. Er schaltete.
«Wozu konnten Sie es höchstens bringen? Neunzig?»
«Abwärts schon.» Andrys dachte angestrengt nach. «Normalerweise siebzig. Bei fünfzig zitterte der Kofferraum. Bei sechzig die Tür. Bei siebzig alles.»
Er schaute sich um.
Der Kofferraum hinten polterte.
«Fünfzig ...»
Der Praga Grand hüpfte über die Geleise. An den Fenstern mit Vorhängen huschte der Stadtrand vorbei. Wie ein Traum. In der Höhe schwamm die Uhr an der Ecke vorbei.
«Halb drei», sagte der Alte. Gewohnt verschob er die Zeiger am Armaturenbrett. Er zog die Uhr auf.
Die Uhr begann zu ticken.
«Wo fahren wir jetzt hin?»
«Nach links.»
Das Auto warf sich auf der Landstraße nach links. Es fuhr jetzt einen Feldweg hinunter. Vorne brüllte eine Hupe. Der

Lastwagen, der den Praga Grand an einer festen Stange hinter sich herschleppte, verlangsamte, damit er nicht umkippte. Der Junge hat das Steuerrad längst losgelassen, und es drehte sich jetzt ohnmächtig von links nach rechts und von rechts nach links.
Die Bremsen quietschten.
Zum letzten Mal zitterte der Praga Grand, als ob er abwärts fuhr und auf dem Tacho neunzig hatte.
Der Lastwagen blieb stehen.
«Wir hätten nicht hierherkommen sollen», sagte Mischa, nachdem er ausgestiegen war. Es wehte von den Feldern her. Der Autofriedhof befand sich außerhalb der Stadt. Auf dem Parkplatz neben der Ablage stand der MB 1000.
Noch vorbei.
Überall rundherum Autotrümmer. Kleine Feuer brennender Polsterfüllungen.
«Opa ...»
Andrys schaute betont an dem Praga Grand vorbei, den die Männer jetzt abgehängt hatten und abwärts zu einem kaputten Tatra schoben. Auch an Mischa.
Ich hätte ihn nicht mitnehmen dürfen. Man zerschlägt ihn vor seinen Augen. Es ist, als ob man einen Hund totschlägt.
Er sagte:
«Heul nicht. Er war schon alt.»
«Aber wir hätten ihn noch in Schuß bringen können. Ich hab den Jungen gesagt ...»
Keine Spur Reue für den Praga Grand. Mischa bereute sich selbst. Er jagte hinunter zu den Männern, die die alte Schachtel zerschlugen, er wollte sich nichts entgehen lassen.
«Ist das der Verteiler?» Als man die Motorhaube zerschlagen hatte.

Nº 635
AMPÈRE
VOLT

Vollkommen sachlich: «Wie kam Benzin hinein?»
Das Vergnügen, ein kaputtes Spielzeug auseinanderzunehmen. Schraube für Schraube. Ihm sein Geheimnis zu entreißen. Seine Schwingradseele. Alles, was drinnen war. Ins staubige Gras fiel der löchrige Kühler, der keinen Tropfen Wasser mehr hätte behalten können.
Metallknirschen.
Irgendwo in der Welt schluckten gigantische Pressen alte Autos und spuckten sie in Paketen aus, wie eine Dreschmaschine Strohballen ausspuckt. In Schweden fielen alte Autos in die Buchten, die die Fische verlassen hatten, und sie verwandelten sich in sonderbare Aquarien. Amerika baute aus alten Autos künstliche Inseln im Meer. Auf Buick- und Chevroletkadavern spreizten die Erdöltürme ihre Beine breit und schöpften vom Meeresgrund Erdöl für neue Buicks und Chevrolets.
Dem Alten schien plötzlich alles ein Wahnsinn zu sein. Schwarzer Anzug und schwarzer Hut, die er anhatte. Wie zum Begräbnis. Langsam trug er noch ein Häufchen Dinge zusammen, die niemand mehr brauchte. Das Steuerrad. Die Winker. Die Statuette vom Kühler. Unter dem Sitz lag ein Bleistift, den er einst verloren hatte. Aus einem Notizbuch in rotem Ledereinband. Goldene Buchstaben der Jahreszahl.
1947?
1948?
Er erinnerte sich. Damals, als ich zu Dascha und zu den Kindern nach Budweis gefahren war.
Die Tür war bereits ausgebrochen.
«Die Polsterung müssen Sie abnehmen», sagte der Vater. «Man nimmt bloß Metall. Ich habe diese Anordnung nicht erfunden. Wenn es Ihnen kalt ist, dann gehen Sie doch in die

Kneipe und trinken Sie mal einen Tee. Wir machen es schon ohne Sie ...»

Auf dem Boden lag die weggeschmissene tickende Uhr. Der Talisman mit dem Sankt Christophorus, Denk an die Familie. Nach Gebrauch zerknüllen und wegwerfen. Jetzt schlugen die Männer mit Holzhämmern die Fensterscheibe ein. Sie zerfiel in winzige Splitter.

Sie schrien den Jungen an:

«Verdufte jetzt!»

Er machte sich aus dem Staub. Mit dem Talisman und mit der Uhr. Der Alte schleppte die Tür zur Seite. Er nahm einen Schraubenzieher.

«Halt mal!»

Den Praga Grand schaute er nicht mehr an. Er zog die Schrauben aus den Leisten, die die Polsterung befestigten. Manchmal hauchte er in die Hände. «Wir verkaufen alles», sagte er. Glassplitter flogen ins Gras. «Jetzt werden wir genug Geld haben, nur keine Angst.»

«Was sollen wir mit dem Geld?»

Die Polsterung aus der Tür fiel herunter.

Polsterungfüllungbäusche.

«Opa ...»

11

Andrys verkaufte keine Zeitungen mehr. Er verkaufte die Dinge aus dem Schuppen und starb mit jedem Ding ein bißchen mehr.
Er sagte:
«Der neunte Griff ist TRAURIGES GRÜBELN. Du liegst auf deinem Gegner und drückst ihn wie einen Stein auf den Boden.»
Er schrieb:

PREISWERT!
GÜNSTIG!

«Verstehst du jetzt?»
«Nein. Gibt er dann auf?»
«Ein jeder. Wenn es lange dauert. Manche Sachen kann man nur kurz aushalten. Nicht unendlich lange.»
«Und der zehnte Griff?»
«Der zehnte Griff ist, wie man sich rausschlängelt. Bloß erinnere ich mich nicht mehr daran.»
«Jetzt kommt die Rothaarige», sagte Mischa. «Mit dem Bengel. Jetzt knallt sie ihm eine.»
Vor dem Fenster gingen rostbraune Stiefel und kleine Segeltuchschuhe vorbei.
«Kennst du sie jetzt auch?»
«Ein Kunststück.»
Merkwürdigerweise freute sich der Alte. Er betrachtete den Jungen unter dem Fenster: Er weiß Sachen, die niemand außer mir weiß. Sie überleben mit ihm. Auch das Fenster und der Praga Grand und der Schuppen.

Er zog die Lampe herunter. Jetzt schrieb er kleine Preisschilder:

3 Kronen
20 Heller

Er sagte:
«Wieviel würdest du für den Neger verlangen?»
«Ich würde ihn nicht verkaufen.»
«Aber wenn ...»
Er zögerte auch kurz.
Er schrieb:

50 Kronen

«Und dann? Wenn Sie alles verkauft haben?»
«Ich bin hier sowieso schon zu lange. Ich störe bereits zu sehr. Daß ich hier bin. Daß ich eine Wohnung für mich habe.»
«Warum sollten Sie sie nicht haben?»
«Das ist schwierig. Du kennst doch die Leute.»
Er griff lieber zum Mensch-ärgere-dich-nicht.
«Spielen wir?»
Sie spielten Mensch-ärgere-dich-nicht mit Handschuhen. In der Wohnung war es kalt. Andrys heizte seit einigen Tagen nicht mehr.
«Haben Sie denn keine Kohlen mehr?»
«Wozu? Wenn du kalt hast, kriech doch ins Bett.»
Gestern hörte Mischa, wie Mutter zu Vater sagte:
«Sie kam vorbei. Sie machte ihm Vorwürfe, daß er Geld bekommen hätte für den Praga Grand und für den Schuppen.»
«Wer?»
«Seine Tochter.»

12

«Willst du einen Winker?» sagte der Blonde in dem blauen Dreiviertelmantel zu dem Mädchen mit Sommersprossen. Sie hockte draußen am Fenster. Sie streckte ihm die Zunge heraus.
«Einen Winker hast du noch nie zum Geburtstag bekommen. Oder?»
Er klappte den Winker zusammen.
Er legte ihn zurück zu dem übrigen Tand.
Die Bude des Alten ähnelte jetzt einem phantastischen Trödlerladen. Die Dinge aus dem Schuppen wurden mit Preiszetteln versorgt. Zwischen dem Fenster und dem Bett irrten Kinder herum. Sie staunten über sonderbares Spielzeug. Die Statuette vom Kühler. Steinharte Lebkuchenhusaren. Glaskugeln mit Aussichtsturm. Wenn man schüttelte, schneite es in der Glaskugel. Der Schnee fiel langsam auf den Aussichtsturm hinunter und auf die Schrift:

X. ALLGEMEINES FALKENTREFFEN

«Du verkaufst hier?» fragte das Mädchen im Plüschmantel. Es schaute Mischa durch die Glaskugel und durch den Schnee an.
«Jawohl. Auch.»
«Was kostet diese Kugel?»
«Drei Kronen. Es ist angeschrieben.»
Der Alte polierte dem Neger die Nase, die Ohren und die goldenen Ohrringe.
Er schaltete ihn ein.

«Eine Negerstatuette mit Fackel. Arabische Arbeit. Oder von irgendwoher da.»

Er stutzte. Der Blonde im blauen Dreiviertelmantel schaute gar nicht den Neger an, sondern das Mädchen mit den Sommersprossen vor dem Fenster. Und er sah, daß es nickte, und er sagte: «Den nehme ich.»

«Sie haben ihn gar nicht erst gesehen. Er ist gesprungen und knirscht.»

«Ich nehme ihn.»

Der Alte wurde traurig. Er wollte den Neger in Zeitungspapier einpacken; aber der in dem Dreiviertelmantel schnappte ihn und nahm ihn uneingepackt unter den Arm und sagte zu dem Alten: «Wir bekommen ein Kind.» Er griff noch in die Tasche nach dem Geld und lachte. «Sie bekommt ihn für das Kind. Sie spinnt ja total.»

«Sie haben Glück», sagte Andrys. Auch er schaute das Mädchen vor dem Fenster an.

Er steckte das Geld in die Tasche ein.

Er sagte zu Mischa:

«Es muß noch eine ganze Kiste Glaskugeln im Schuppen geben. Ich sollte sie holen.»

«Höchstens fünf», sagte der Junge.

«Wieso?»

«Etwas ging kaputt ...»

Er wünschte sich, daß es dort keine einzige mehr gab. Die Kasse war bereits beinahe voll. Das kleine Mädchen hielt immer noch die Glaskugel in der Hand. Es konnte sich nicht losreißen:

«Weißt du das bestimmt? Drei Kronen?»

Er fragte so still, daß der Alte ihn nicht hörte:

«Wieviel hast du?»

«Zwei Zehner.»
Sie hatte noch eine große Schleife. Sie starrte unausgesetzt die Glaskugel an. Und den Jungen, der jetzt ein Stück Papier nahm und die Kugel einpackte.
Er sagte:
«Dann kostet sie eben zwei Zehner.»
Er ging mit ihr bis auf die Straße.
Sie flüsterte:
«Wohnt er denn im Keller?»
«Ja.»
«Immer?»
«Fast immer.»
«Mit den Glaskugeln? Lebt er davon?»
«Nein. Das ist fürs Begräbnis.»
«Jemand ist gestorben?»
«Nein.»
«Aha», sagte das kleine Mädchen mit der Schleife. Obwohl es nichts verstand. Es trug die in Papier eingewickelte Glaskugel wie einen Schatz vor sich.
«Laß sie nicht fallen.»
«Nein. Tschüß.»
«Tschüß.»
Er schaute dem Mädchen nach. Wie es sich umschaute. Dann wischte er die Schrift auf dem Haus ab: ANTIQUITÄTEN- UND SPIELZEUGAUSVERKAUF ANDRYS ED HIER IM SOUTERRAIN. Mit der Hand verwischte er auch noch den Pfeil, der zum Fenster hin zeigte.

13

In der Glaskugel schneite es. Eine Sekunde spielte er mit ihr, dann zerschlug er sie am Dachbalken. Auch die andern, die er aus der Kiste hierhergebracht hatte. Die drei letzten stopfte er sich in die Taschen.
Er kam zurück zum lockeren Zaunbrett, das ihm den Zutritt ermöglicht hatte.
Er erinnerte sich:
Mindestens fünf lagen noch hinter dem kleinen Balken. Mit Korallen und Aufklebengelchen. Aber er ging nicht mehr zurück.
Über seinem Kopf brauste der Drachenwind. Er bewegte die Metallstangen im Geäst, und eine Frau auf dem Weg vor dem Zaun staunte:
«Es läutet wie ein Glockenspiel in Loretta!»
Es waren Landvermesser. Ein Mann und eine Frau. Der Junge machte einen Bogen um die Meßinstrumente:
«Was wird das sein?»
«Die Stadt.»
Der Drachenwind wurde stärker und nahm den Schuppen mit der Insel mit und schmiß sie hinauf in die Luft und trug sie dem Drachen nach zu den Sternen, die nicht mehr strahlten; nur der Schuppen.
Ein kleines rotes Licht. Allerdings war das vielleicht auch das Positionslicht einer Caravelle, die über Prag auf den Flughafen zuflog.

$3 \times 3 = 9$

In der Glaskugel schneite es.

Zahlen:

268
5
3
2
3
+

50 für den Neger, und der Alte notierte das Geld auf Packpapier + — bis 1200, er addierte auf herkömmliche Art, die Zahlen untereinander, und wie er addierte, entfernte er sich immer mehr, es gab ihn beinahe nicht mehr, wie es alles andere auch nicht gab, die Insel, den Schuppen, die Nußschalen auf dem Wasser, die Kapseln, die es nicht gab, den Hund, den es nicht gab, es blieb bloß Schneewittchen.
Mischa zerschlug noch eine Glaskugel. Sie zersplitterte auf dem Stein. Für eine Sekunde winzige weiße Funken über dem Stein und überall. Wie die kleinen Lichter, die John Glenn sah. Er wagte es nicht mehr, auch noch die letzten zwei Kugeln zu zerbrechen.
Ich sag ihm:
Es gab da nur noch zwei.

$2 \times 3 = 6$

Immerhin weniger als neun.
Er lief abwärts, in der Kurve bellten die Hunde hinter dem Zaun, der Abhang hinter ihm war bereits ganz dunkel, nur die Bäume bewegten sich, als ob sie atmeten, im Zwielicht vor dem Jungen tauchte eine zackige Maschinensilhouette auf, ein dreckiger Bulldozer am Straßengraben, vor einer Stunde war er da noch nicht, sicher ging ich einen anderen

Weg, die Stadt in der Dämmerung kam nur Zentimeter um Zentimeter auf ihn zu, und das Schnuppern an seinen Fersen, ich komme hier nie weg.

Ratlos schaute er um sich.

Er ging zurück.

Da sah er etwas, was ihm die ganze Zeit schon folgte. Eine kleine dreckige Kugel, die einem Igel ähnelte.

Es war ein Hund.

Kurz irrten sie beide herum.

Mischa warf ihm eine Praline zu. Von ferne.

«Du bist versaut.»

Über die Schnauze verklebte lange Haare. Ein ganz kleiner Hund. Er ging in den Haaren verloren.

Die Pfoten rutschten aus.

Vielleicht ein Junges.

Endlich fanden sie den Zaun, wo der Junge hingehörte. Lockere Bretter. Der Hund jaulte auf, und der Junge sagte: «Jetzt halt das Maul.»

Er säuberte den Hund mit dem Taschentuch und steckte ihn unter den Mantel.

Er durfte mit dem Hund nicht in die Straßenbahn.

Er ging zu Fuß. Unter dem Mantel zwei Herzen, das seine und das des Hundes. Drei Haltestellen Angst, daß die, denen der Hund gehörte, ihn einholten. Unendliche Entfernungen von Haltestelle zur Haltestelle.

Dann beruhigte er sich.

Dann hab ich ihn eben geklaut. Na und.

Bei dem Alten wird er es besser haben.

Er ließ den Hund pissen und herumlaufen. Ich wasch dich schon. Und du bekommst eine Schnur und ein Halsband. Und eine Hundemarke. Eine Hundemarke kostet eine

Menge Geld. Er hätte den Neger auch nicht verkaufen müssen.
Als jemand vorbeiging, rief er laut:
«Hast du dich verlaufen? Du armer Teufel!»
Eine Wucht ist das nicht, meinte er kritisch. Ein Zwischending von einem Foxterrier und einem Dackel.
Vielleicht, wenn er groß ist ...
Und er hat auch jede Menge Flöhe ...
Fürchterlich ...
Er schleppte ihn volle zwei Stunden bis zu der Wohnung des Alten. Auf der Kellertreppe wurde er unsicher. Wie zu Weihnachten hörte er auch jetzt eine Frau lachen, aber er ging weiter, nur versteckte er den Hund unter dem Mantel.
Die Wohnungstür war offen.
Die, die lachte, war bereits am Gehen. Als sie ihn sah, sagte sie:
«Du bist das also?» Sie rief in die Wohnung zurück: «Vater, dein Freund ist hier!»
Sie badeten den Hund. Sie redeten über Hunde. Ich konnte ihn dort doch nicht lassen, wo er sich verlaufen hatte. Wir können ihn jeder zur Hälfte haben.
Auf einem Stuhl lag die Kasse.
Sie war leer.
Mischa sagte schuldbewußt:
«Es sind dort bloß zwei Glaskugeln geblieben. Aber einige gibt es vielleicht noch oben hinter den Dachbalken.»
«Ein Hund ist besser ...»
«Sag ich auch ...»
Sie rieben ihn mit einem Geschirrtuch trocken. Die Haare wurden seidenweich.
«Er ist fabelhaft. Er leckt mir den Finger.»

Zwischen den Fenstern fand der Alte ein Dreieck Emmentaler Käse, eingepackt in Stanniol. All die Hunde, die er gehabt hatte.
«Hunde mögen Käse.»
Der hier auch.
Er leckte noch das Stanniolpapier ab.
«Und der Schuppen?»
«Was meinen Sie mit dem Schuppen?» sagte der Junge. «Er frißt das Stanniol, schauen Sie. Er sollte irgendwie heißen. Er heißt noch nicht.»
Sie machten ihm ein warmes Lager unter dem Ofen.
«Ronny», sagte der Alte.
«Was für ein Ronny?»
«Jetzt fällt mir ein, daß er Ronny heißt, wenn du nicht viel einzuwenden hast», sagte der Alte und kämmte mit Hundekamm, der noch von dem schottischen Terrier Ronny geblieben war, der schon blind war, als er gestorben war.

Das Glitzern der Dinge

Im Frühjahr ließ die Behörde den Schuppen niederreißen. Wegen der Fertighäuser einer Siedlung.

Vater bekam einen Brief, er sollte sein Auto und die Bretter holen, aber die Bretter hatte bereits jemand in der Nacht geholt.

Der MB 1000 stand auf der Straße unter der Laterne. An der dreckigen Tür und an der Motorhaube schon wieder die Inschrift:

CITY POLICE OF VORSTADT

Es war ein anderer Abend, und diesmal hatte der Junge den Pullover am Halsausschnitt eingerissen. Verwischter Schmutzstrich über das ganze Gesicht. Er wusch sich im Badezimmer.

Er hörte den Vater sagen:

«Zeig mal dein Notenheft!»

Er trocknete sich die Hände. Er gab das Notenheft dem Vater. Er holte es aus dem Schulranzen.

Er sagte: «Bloß eine einzige Zwei.»

Merkwürdig viele Einsen. Zum Schluß eine Eintragung.

Vater sagte mißtrauisch:

«Du hast den Filipi verdroschen?»

«Aber angefangen hat er», sagte der Junge. «Und Wolf.»

«Geht in Ordnung», sagte Vater. Er unterschrieb. Er stand am Fenster und betrachtete den versauten MB 1000 CITY POLICE auf der Straße, und es machte ihm scheinbar nicht viel aus. Vielleicht weil es kein neues Auto mehr war. Er hörte den Jungen neben sich schluchzen, er sah dasselbe, was auch er sah. Andrys. Wie er am Tabakkiosk an der Ecke auftauchte. Im schwarzen Wintermantel. Den Hund bei Fuß.
«Jetzt kommt er nie mehr. Wo man den Schuppen abgerissen hat ...»
Aber Vater schaute immer noch in die Straße tief unten.
«Der Vertrag ist solange gültig, solange wir ihn nicht aufgelöst haben», sagte er, obwohl es rechtlich nicht so eindeutig klar war. «Willst du ihn auflösen? Um die fünf Kronen ging es ihm ja nie. Mir auch nicht. Dir vielleicht?»
Er ging zur Tür und half Andrys aus dem Wintermantel und sprach über den Schuppen, den es nicht mehr gab, als ob es ihn gab und viel schöner als vorher.
«Im Frühjahr streichen wir das Tor an.»
«Das braucht es, ja. Auch der Zaun.»
«Und ein paar Bretter.»
«Ich habe gestern gebacken», sagte Andrys zu dem Jungen.
Er betrat das Eßzimmer wie seine eigene gute Stube. Er legte das Hockeyspielbrett und die Schläger bereit. Dann fischte er noch eine Schachtel Kapseln aus der Tasche. «Hier. Einige sind gut. Probiere sie mal.»
Es waren ganz gewöhnliche Kapseln, wie man sie für eine Krone in jedem Spielzeugladen haben kann. Sie krachten auch ganz gewöhnlich.
«Das sind ja gewöhnliche Kapseln», sagte Mischa enttäuscht, weil er zu lange warten mußte.
Aber der Alte sagte:

«Mach das Licht aus, und du wirst sehen ...»
In der Dunkelheit flüsterte die Radiostimme:
«Zuerst die Übersicht. Die Welt heute abend. Der Krieg in Vietnam geht weiter. Unruhen in Aden. Der Sicherheitsrat trat in der Nacht ...»
Der Hund Ronny leckte Mischa irgendwo an der Nase.
Die Kapseln glitzerten im Dunkeln.